朝日文庫時代小説アンソロジー

母ごころ

中島 要　高田在子　志川節子
永井紗耶子　坂井希久子　藤原緋沙子

朝日文庫

本書は文庫オリジナル・アンソロジーです。

目次

母ごころ

誰のおかげで

中島　要

中島　要（なかじま・かなめ）
早稲田大学卒。二〇〇八年に「素見（ひやかし）」で小説宝石新人賞を受賞。一〇年に『刀圭（とうけい）』でデビュー。一八年に「着物始末暦」シリーズで歴史時代作家クラブ賞を受賞。著書に『かりんとう侍』『うき世櫛』『御徒（おかち）の女』『酒が仇と思えども』『神奈川宿　雷屋（いかずちや）』『吉原（なか）と外』『誰に似たのか　筆墨問屋白井屋の人々』、「大江戸少女カゲキ団」シリーズなど。

一

お清の亭主にして筆墨問屋白井屋の先代、太兵衛は五十九で亡くなった。

長生きとまでは言えないが、ことさら短命というわけでもない。亡くなる四年前に隠居したので、店がごたつくこともなかった。

それでも、問屋とは名ばかりだった白井屋を一代で誰もが知る大店にした商人である。隠居後も奉公人に睨みを利かせ、頼りない跡取りの太一郎を支えていた。

そんな太兵衛の葬儀には、江戸中から多くの弔問客が駆けつけた。

中にはお清でさえ知らない人もいたけれど、みな心から亭主の死を悲しんでいるようだった。

――ご亭主が隠居したときは早すぎると思ったが……いまにして思えば、頃合いだったんだろう。太兵衛さんほどの商人になると、己の最期も見通せるのかねぇ。あたしにはとても真似できないよ。

――手前は亡くなった先代にとてもお世話になりました。いま一人前の顔をして商いをしていられるのは、ひとえに先代のおかげでございます。お力になれることがございましたら、ぜひとも恩返しをさせてくださいまし。

――同業としちゃ癪に障ることも多かったが、あの人は卑怯な商いをしなかった。おかげでこっちも正々堂々、恨みっこなしの勝負ができた。これからはあの人になり代わり、陰ながら白井屋を見守らせてもらいましょう。

弔いの場で故人をほめるのは当たり前のことだとしても、ここまで言ってもらえるのは当たり前ではないだろう。お清は長年連れ添った亭主をひそかに見直していたのだが、徐々に雲行きが怪しくなった。

――それほどの人だから、女が放っておかなくてね。一緒の座敷で芸者を呼ぶと、こっちが割を食ったもんだ。

――恥ずかしながら、手前の女房も先代に憧れておりました。「それに比べておまえさんは」とよく文句を言われたもんですよ。

――あの人はたいした見た目じゃないのに、びっくりするほどもてたからね。やっぱり男は顔じゃないと、わしも意を強くしたものさ。

誰もが申し合わせたように、「太兵衛さんは女にもてた」と言い添える。言い返すわけにもいかないお清は無言で顔を引きつらせた。

太兵衛がここまでになれたのは、本人だけの手柄ではない。少しは内助の功をほめ、よくぞ最後まで連れ添ったと妻を労ったらどうなのか。お清は込み上げる怒りをこらえ、数珠を持つ手に力を込めた。

亭主は小太りの狸顔だが、金払いがいい上に、外の女にはほめ言葉を惜しまなかった。すぐに目移りすることも、妾を望む尻軽にはかえって都合がよかったようだ。若いうちなら次の旦那も見つけやすいし、十分過ぎる手切れ金も手に入る。

いつも後腐れなく別れていたので、「白井屋さんは商いよりも女遊びがお上手だ」と陰で言われていたらしい。

しかし、妾の旦那としては最高でも、亭主としては最悪である。

生きていれば、誰だって年を取る。常に若い妾と比べられたら、こっちはたまったものではない。思い余って姑に愚痴をこぼしたら、鼻の先で笑い飛ばされた。

――浮気は男の甲斐性です。まして太兵衛は若い女にうつつを抜かし、商いを疎かにしているわけじゃない。おまえも白井屋の御新造なら、年甲斐もない悋気なんてしなさんな。

――おまえが至らないせいで、外に女を作るんじゃないか。我が身の不出来を棚に上げて、恨み言なんて言うんじゃないよ。

夫に先立たれた姑にとって、出来のいい跡取りは何よりの自慢の種だった。

それでも女の端くれならば、浮気をされる妻のつらさは身に沁みてわかってくれるだろう。そんな期待を木っ端みじんに砕かれて、お清はひそかに腹をくった。

こんな義母さんに育てられたから、女にだらしがないんだね。最初から期待しなければ、何があっても傷つかないわ。

こっちだって太兵衛に惚れて、夫婦になったわけではない。

お清の父、紙問屋久松屋の先代が太兵衛の商才に惚れ込んで、娘の嫁入り先に望んだだけだ。父の商人を見る目は確かでも、男を見る目はなかったのだろう。お清は亭主に見切りをつけると、二人の我が子を守ることだけ考えた。

太兵衛のそばにいる限り、暮らしに困ることはない。自分は余計なことを一切言わず、家を守り、子供を育てよう。

亭主が外でどんな女と遊ぼうと、白井屋はいずれ息子の太一郎が継ぐ。妾上がりの後添いなんて絶対に迎えさせてなるものか。

長らくその一心で生きてきたのに、太兵衛は隠居するときに「これからは夫婦水入らずで暮らそう」と言い出した。どうせ寄る年波で、若い女と楽しめなくなったに違いない。

――おまえにも苦労をかけたから、最後は女房孝行をさせてくれ。

やや後ろめたそうに言われたときは、「何をいまさら」と呆れたものだ。

しかし、殊勝な申し出を断っては、「良妻」の金看板に傷がつく。表向きは喜ぶふりをして、二人きりでいるときは心置きなく嫌みや皮肉を口にした。

それでも太兵衛の最期を看取ったときは、「この人と一緒になってよかった」と確かに思ったはずだったのに……。

「おっかさん、いい加減に嫁いじめはやめてくれ」

十月四日の昼下がり、お清は離れに現れた太一郎を見て目を丸くした。

今年の春に亭主が死ぬと、息子は母がひとりで暮らす離れに寄りつかなくなった。

今日は何事かと不審に思い、眉根を寄せて聞き返す。

「藪から棒に人聞きの悪いことを言いなさんな。このあたしがいつ、嫁いじめをしたってのさ」

「ふん、しらじらしい。今朝も仏壇のお茶が新しくなっていなかったと、お真紀を叱ったじゃないか」

責めるように言い放ち、太一郎は歯を剝きだす。お清は「そんなことでわざわざ文句を言いに来たのか」と、心の底から呆れてしまった。

まったく、お真紀もお真紀だよ。あたしは姑にどれほど理不尽なことをされても、亭主に泣きついたりしなかったのに。

どうせ太兵衛に泣きついたって、相手にされないとわかっていた。嫁の言葉を鵜呑(うの)みにして、実の母に喧嘩(けんか)を売るような考えなしではないのだから。

あんたを産んで育てたのは、どこの誰だと思っているのさ。そんなに見る目のないことで白井屋の主人が務まるのかい。

お清は腹の中で息子を罵(のの)り、咳払いした。

「白井屋の嫁は朝一番に仏壇を拭き、お茶を供える。それはあたしが嫁ぐ前からのしきたりだよ。三日も続けて怠けた嫁を叱らなくてどうするのさ」

お清だって姑に命じられ、毎朝明け六ツ（午前六時）の鐘が鳴る前に、長年お茶を供えてきた。お真紀に役目を譲るまで、お供えを休んだのは産後の五日間だけである。

「死んだ義母さんなら、一日目の朝餉の前に叱り飛ばしていただろうよ。あたしは三日も様子を見たのに、どこが嫁いじめなんだい」

自分が姑に厳しくされた分、嫁には鷹揚(おうよう)に接している。そんな心遣いも知らないで、逆恨みするとは何事か。

お清が目つきを険しくすれば、太一郎は目をそらす。己の心得違いを知って、引き

下がるかと思いきや、

「仏壇にお茶を供えるくらい誰がやってもいいじゃないか。朝一番なら、女中にやらせればいいだろう」

　生真面目な息子にしてはめずらしく、とんでもないことを言い出した。

「馬鹿なことを言いなさんな。ご先祖様へのお供えを奉公人にやらせるなんて、罰が当たるよ」

「だったら、おっかさんがやればいい。いまだって明け六ツの鐘が鳴り終わるなり、仏壇に手を合わせているんだから」

　最初に線香をあげる者が一緒にお茶も供えればいい——名案だと言いたげな太一郎に、お清は開いた口が塞がらない。どうしてこの歳(とし)になってから、嫁の仕事を肩代わりしなければならないのか。

　こんなことなら、もっと女に慣れさせておくべきだった。あたしは子育てをしくじったよ。

　苦い後悔を嚙(か)みしめて、亭主によく似た息子を睨んだ。

　太兵衛は浅草(あさくさ)から通油町(とおりあぶらちょう)に店を移した後、妾を囲うようになった。しかも頻繁に女を替えるので、お清は息子の行く末を案じるようになったのだ。

亭主はどうにもならないが、子供を躾けることはできる。馬鹿な女遊びをしないように目を光らせ続けた結果、息子は初めての妻にのぼせてしまった。お清はやりきれない思いでため息をつく。

「あんたがお真紀を甘やかすから、奉公人も主人を敬わなくなるんだよ。近頃は口ごたえばかりするじゃないか」

「奉公人には『店のためになることは遠慮なく言ってくれ』と伝えたから、物申すことが増えたんだ。俺が舐められているわけじゃない」

間髪を容れず返されて、お清は閉口してしまう。口ごたえが多くなったのは、奉公人に限った話ではないようだ。

「あんたがその調子だから、一之助も仮病を使って親を騙そうとするんじゃないか。まったく、情けないったら」

舌打ち混じりに言ったとたん、太一郎の顔色が変わった。

先月の初め、孫の一之助は朝起きるなり「腹が痛い」と言い出した。

一粒種の一大事にお真紀は医者を呼ぼうとする。すると、腹を押さえていた一之助がうろたえて「もう治った」と言い出した。お清が不審に思って問い詰めると、孫は仮病だったことを白状した。

——だって、手習い所に行くと、青物屋の勘太にいじめられるから……。それに、さっきは本当にお腹が痛い気がしたんだよ。

一之助は歳のわりに身体が小さく、性格だっておとなしい。

しかし、白井屋の跡取りともあろう者が青物屋ごときの小倅にいじめられるとは何事か。幼くとも男なら立ち向かえばいいものを。

お秀のところのお美代なら、女だてらにいじめっ子を返り討ちにしたはずさ。やっぱり、子は親に似るんだねぇ。

かつて、お清は「息子と娘の中身が逆だったら」と何度も思ったものである。まさか、孫でも同じ思いをするとは思わなかった。

一之助はいま強面の手代に守られて、近所の手習い所に通っている。さすがの勘太もおとなしくなったと聞いているが、白井屋の跡取りがいつまでも奉公人の陰に隠れているようでは困るのだ。

「『子は親の鏡』と言うだろう。あんたはだらしないお真紀じゃなく、『叱るほうが悪い』とあたしを責める。両親がそういう料簡だから、一之助も嘘をつくんだよ」

鼻を鳴らしてうそぶけば、太一郎が悔しそうに顔を歪めた。

「そんな言い方はないだろう。お真紀だって懸命に一之助を育てているのに」

「母親なら誰だって命懸けで我が子を育てるもんさ。大事な跡取りの仮病くらい、ひと目で見抜けなくてどうするんだい。あんたが子供の頃、おとっつぁんの雪駄（せった）を勝手に履いて駄目にしたことがあっただろう。あたしはあんたの仕業だって顔を見るなり見抜いたよ」

あえて子供の頃のことを言い立てれば、太一郎はむっつり黙り込む。お清は居丈高に言い放った。

「男なら嫁の機嫌ばかり取っていないで、たまには小言のひとつも言っておやりよ」

「……亭主が嫁を大事にして何が悪いんだ。俺に『嫁を大事にしろ』と言ったのは、おっかさんだろう」

思いがけない息子の返事にお清は目を瞬く。

次いで何のことだと眉を寄せ、かつて我が子に言った言葉を思い出した。

――いくら商いが上手でも、女房を大事にできないような男にだけはなりなさんな。

――あんたはおとっつぁんみたいになるんじゃないよ。一生連れ添う嫁を大事にしてやりなさい。

太兵衛が新たな妾を囲うたび、太一郎に言い聞かせた覚えがある。

しかし、嫁を大事にするのと、甘やかすのは違うだろう。お清が言い訳しようとしたら、息子は不意に膝を打つ。

「そう言うおっかさんだって、いまは妻の務めを果たしていないじゃないか」

「おや、聞き捨てならないね。一体何のことさ」

身に覚えがないと、お清は鋭く聞き返す。太一郎は肩をすくめた。

「おとっつぁんに隠し妾がいたと知ってから、墓参りに行っていないだろう」

痛いところを突かれてしまい、お清は口をへの字に曲げた。

隠居した太兵衛は「夫婦水入らずで暮らそう」と言いながら、実の娘より若い妾を妻に隠れて囲っていたのだ。息子も父親の味方をして、妾に手切れ金を運んでいた。お清が二人の裏切りを知ったのは、太兵衛が死んだ後だった。

「一昨日（おととい）の月命日ですらおっかさんが墓参りをしないから、和尚（おしょう）さんが心配なさっている。来月は必ずお参りしておくれ」

お清が黙って目を伏せると、言い負かしたと思ったのだろう。どこか得意げな息子の姿に収まりかけた怒りが再燃した。

嫁の言いなりの甲斐性なしが賢（さか）しらがってえらそうに。

あんたにあたしの何がわかる。

腹の中で怒鳴り返されたことも知らないで、太一郎は離れから出ていった。

二

翌五日は朝からよく晴れていた。

お清は離れに籠もっているのが嫌になり、浅草田原町にある実家の紙問屋久松屋を訪れることにした。

実の両親はすでに亡く、いまは姉のお安が娘夫婦と店を守っている。我が子の腹立たしい仕打ちを誰かに聞いてもらうなら、ひとつ違いの姉が一番だ。

以前は気に入らないことがあると、深川に住むお秀のところに行った。

親の反対を押し切って浮世絵師と一緒になった娘とは、表向き縁を切っている。それでも孫が生まれてからは、亭主の目を盗んで足しげく会いに行っていた。

実のところ、娘が駆け落ちしてしばらくは「すぐに戻ってくる」と高を括っていた。どれほど相手に惚れていても、甘やかされて育った娘である。掃除、洗濯などまともにしたことがない上に、三度の膳は用意されて当たり前。贅沢しか知らないお嬢さんに貧乏暮らしができるものかと。

しかし、親の予想を裏切って、お秀は意地を張り通した。

亭主に先立たれた後もやぶ蚊だらけの裏長屋に住み、女手ひとつでひとり娘を育てている。お清は気丈な娘を見直す傍ら、貧しい女所帯を見るに見かねて金を渡してきたのである。

ところが、ここに来て急にお秀の様子が変わった。

押し頂いていた金を断るようになったばかりか、「いまは仕事が忙しい」とお清を追い返そうとする。昨日の仕打ちを打ち明けたって、兄の肩を持ちかねない。

うちの子たちはどうしてこんなに薄情なのかね。自分も親の端くれなら、育ててくれた親の気持ちを察してくれてもいいだろうに。

腹の中でこぼしながら、お清は浅草御門（ごもん）を抜けて大川に沿って北を目指す。

大店の隠居のひとり歩きは物騒だが、お清は隠れて娘の許（もと）に通ううち、身軽なひとり歩きに味を占めた。

いまでは行き先がどこであれ、供を連れずに出かけてしまう。太一郎はうるさいことを言うけれど、改める気はさらさらない。久松屋の前に着くと、手早く着物の衿（えり）や裾を直した。

今日は少々気合を入れて、上品な藤色が美しい仕立て下ろしの京友禅（きょうゆうぜん）に塩瀬（しおぜ）の帯を締めてきた。この装いにいかほど金がかかっているか、姉ならひと目でわかるだろう。

嫁入り前は、姉のお安がうらやましくてたまらなかった。

一年早く生まれただけで跡取り娘ともてはやされ、妹よりも大事にされる。幼い頃はお揃いの着物を着ていたけれど、いつしか差を付けられた。お清には一段劣るものが与えられ、姉より目立つことは許されない。

当時久松屋より格下だった白井屋に嫁ぐことになったのも、父が太兵衛の商才を見込んだだけではない。格上の店に嫁がせると、持参金や嫁入り支度に余計な金がかかるからだ。

年頃の娘に金をかけて着飾らせれば、その分きれいに見えて当然だ。よく似た姉妹でありながら、お清は「歳も見た目も下の方」と陰口を叩かれた。

さらに実家を継げない商家の次男、三男は姉に言い寄ろうとする。その中には「妹と親しくなって橋渡しをさせよう」と考える恥知らずもいた。

特にあの見習いはひどかったね。あたしを姉さんと勘違いした挙句、「騙された」とか言い出してさ。

久松屋は商家にしては庭が広く、植木職人が頻繁に出入りをしていた。そこの見習いが親方の目を盗み、お清に言い寄ってきたのである。

札差（ふださし）の三男坊という触れ込みで見た目は悪くなかったけど、あたしが妹だと知ったとたん、「俺を騙した詫びに姉さんとの仲を取り持て」なんて言うんだもの。あたしから言い寄ったわけじゃないのに、図々(ずうずう)しいったらありゃしない。

怒ったお清はすぐさま父に告げ口した。その後、植木職人は人が代わり、かの見習いは破門されたと噂で聞いた。

職人らしからぬ口達者な男だったが、いまはどうしているのやら。

ふと四十年も前のことを思い出し、お清はひとり苦笑する。そして気持ちを切り替えて実家に上がり、姉に昨日のやり取りを打ち明けた。

「あのおとなしい太一郎があんたにそんなことを言ったのかい。変われば変わるもんだねぇ」

よほどびっくりしたと見えて、姉は目を丸くする。かつて似ていると言われた相手の顔をお清は正面からじっと見た。

五年前に亭主を亡くしてから、姉は女主人を名乗っている。増えた白髪は黒く染め、白粉(おしろい)や紅も欠かさない。着物は臙脂(えんじ)に黒の格子模様で、五十六の後家には派手過ぎる。

本人は昔と変わらないつもりでも、傍目(はため)は違う。人の振り見て我が振り直せ、あたしも気を付けないといけないね。

お清は己を戒めて、姉の方へと身を乗り出した。

「そうなのよ。真面目だけが取り柄だったのに、すっかり嫁の言いなりでさ。誰のおかげで白井屋の主人になれたと思っているのかねぇ」

実の姉妹の気安さでここぞと声を張り上げた。

太一郎は顔こそ父親によく似ているが、中身は至って凡庸だ。妾に出来のいい息子が生まれていたら、跡を継げたかわからない。

あたしが非の打ち所のない妻だったから、すんなり跡を継げたのに。母親に隠れて、妾に手切れ金を運ぶなんてあんまりだよ。

息子の裏切りを思い出し、お清は改めて歯ぎしりする。

「こんな思いをするのなら、息子なんて産むんじゃなかった」

「なに馬鹿なことを言ってんのさ。跡取りを産んだから、あんたは白井屋の内儀としていい思いができたんだろう。でなきゃ、妾のひとりに取って代わられていたはずだよ」

せせら笑うように告げられて、今度はお清が目を丸くした。

特に仲がよかったわけではないが、こんなひどい台詞(せりふ)をぶつけられたことはない。しばし呆然(ぼうぜん)としていたら、姉はお清の着物を指さした。

「あんたがそんな高い着物を見せびらかしていられるのは、太兵衛さんのおかげじゃないか。あたしの着物なんて何年着ているか覚えちゃいないよ」

「……今日は姉さんに会うから、仕立て下ろしを着てきたんだよ」

息子の愚痴をこぼしに来て、どうして自分が責められるのか。とまどいながらも言い訳すれば、姉は「おや、そうかい」と口を歪めた。

「あたしは亭主が死んでから、新しい着物なんて一枚も誂えちゃいないけどね。喪中でも高価な着物を仕立てるなんて、繁盛しているお店は違うねぇ」

よほど虫の居所が悪いのか、嫌みたらしくあてこすられる。さすがに腹に据えかねて、お清も不機嫌をあらわにした。

「あたしが白井屋の御新造で、姉さんも助かったはずでしょう。自分が世話になったことは棚に上げて、よく『いい思いができた』なんて言えたわね」

実家の商いが傾くたびに、何度も力を貸してきた。誰のおかげで久松屋が続いていると思っているのか。

お清の怒りを目の当たりにして、姉も口が過ぎたと思ったらしい。気まずげに咳払いを繰り返し、「とにかく」と話を戻す。

「太一郎だってあんたと嫁の間で苦労しているんだ。頭ごなしに責められちゃ、あの子だって立つ瀬がない。ここは母親が息子の顔を立ててやるところじゃないか」

もっともらしく諭されて、お清は二の句が継げなくなる。嫁に行ったことも嫁をもらったこともないくせに、よくそんなことが言えるものだ。

このままここに居続ければ、もっと不快な思いをするだろう。うんざりしたお清が腰を浮かせかけたとき、

「いまだから言うけど、あたしは白井屋に嫁いだあんたがうらやましかったよ」

「えっ」

姉には嫁ぎ先での苦労をさんざん伝えてきたというのに、何がうらやましいのだろう。びっくりして座り直すと、姉は決まり悪げに身動ぎする。

「人一倍甲斐性のある亭主がいて、跡取り息子にも恵まれてさ。あんたは嫁のつらさや亭主の女遊びをしきりと嘆いていたけれど、あたしは出来の悪い婿と一緒になって、もっと大変だったんだから」

姉の亭主は大きな紙問屋の次男だった。

同業の大店同士が身内になれば、商いの上で都合がいい。そんな思惑でまとまった縁談だったと聞いている。

しかし、義妹の嫁ぎ先が繁盛しているのに刺激され、義兄は次第に堅実な商いを嫌

うようになったとか。

「紙と筆墨は縁が深い。うちの亭主は何かにつけて太兵衛さんと比べられてね。むきになって張り合ったのがケチのつき始めというわけさ」

姉は会うたびに義兄の商い下手を嘆いていたが、そんな話は初耳だ。お清が「どうして止めなかったの」と呆れれば、姉はわずかに眉を寄せる。

「そりゃ、うちの亭主にも男としての意地がある。あたしと一緒になって久松屋を継いだ以上、義理の弟に負けたくないじゃないか」

「だからって……」

男の意地で婿入り先を傾かされてはかなわない。お清がそう思っていると、姉はため息混じりに続けた。

「あたしはそんな亭主の尻ぬぐいで、いまも帳場に座っていなきゃならないんだ。あんたが高価な着物を着て、遊び歩いていられるのは誰のおかげさ。文句なんて言ったら罰が当たるよ」

姉の本音を耳にして、お清の胸は芯から冷えた。

あたしの血を吐くような嘆きはすべて聞き流されていたんだね。妻として母として精一杯尽くしたことなんて、姉さんはこれっぽっちも認めていやしないんだ。

恐らく、お秀や太一郎も姉と同じ考えだろう。太兵衛が死んでから、自分に対する扱いがぞんざいになったのがその証拠だ。赤の他人ならいざ知らず、血のつながった身内に侮られていたなんて……。自分の世話になったとは誰ひとり思っていないのか。

太一郎が麻疹にかかったときはなかなか熱が下がらなくて、三日三晩そばについていた。

お秀が駆け落ちしたときは、亭主に土下座して本勘当だけは思いとどまらせた。その後も陰ながら気にかけて、子が生まれたと知ると矢も盾もたまらず駆けつけた。

姉はお秀の駆け落ちを知るなり、「母親の育て方が悪いからだ」と頭ごなしにお清を責めた。一時は行き来もなくなったが、久松屋が困っていると知れば、太兵衛に頼んで金を融通してやった。

もし自分が何もしなければ、いまごろどうなっていたことか。お清は怒りのあまり食って掛かった。

「どうして罰が当たるんだい。白井屋太兵衛が大商人になれたのは、あたしと一緒になったおかげじゃないか。姉さんにあたしの代わりは務まらないよ」

「何だって」

「姉さんは義兄さんばかり悪く言うけど、夫婦は一蓮托生だ。店が傾いた責任を義兄さんひとりのせいにしなさんな」

店は夫婦で支えるものだと言い返せば、姉の顔がこわばった。

「あんたは亭主に稼がせて、子育てをしただけじゃないか。商いのことなんてこれっぱかりも知らないくせに、知ったふうな口を叩くんじゃないよっ」

痛いところを突かれたせいか、姉が声を荒らげる。お清はお返しとばかりにせせら笑った。

「それはお互い様だろう。実家を継いだ姉さんは嫁のつらさなんて知らないくせに」

「だったら何だい。親からもらった身代を守るため、あたしがどれほど苦労したと思ってんのさ」

「身代を守ると言うわりに、ちっとも守れていないじゃないか。姉さんが跡を継いでから、久松屋は傾く一方だよ」

売り言葉に買い言葉、五十を過ぎた姉妹が目を吊り上げて言い争う。我ながらみっともないと思ったけれど、お清の口は止まらなかった。

「自分は女主人として居座っておいて、『息子の顔を立てろ』だなんてよく言えたね。あたしにとやかく言う前に、お染夫婦に早く身代を譲っておやり」

姉の亭主が死んだ五年前、姪のお染は二十二、手代上がりの婿も二十五だった。当時は若すぎたかもしれないが、いまなら歳に不足はない。

「婆さんが帳場で大きな顔をしているよりも、婿に任せてしまったほうが繁盛するんじゃないのかい。母親と婿の間に立たされて、お染だって肩身が狭いだろう」

前から思っていたことをここぞとばかりにぶちまける。姉は般若のような顔つきになり、憎々しげに吐き捨てた。

「そうやって減らず口ばかり叩くから、太兵衛さんはよそに女を作るのさ」

お清は一瞬呼吸を忘れ、身動ぎすらできなくなる。姉妹で何度となく口喧嘩はしてきたけれど、この台詞が一番効いた。

しかし、ここで動揺したらこっちの負けである。お清は下っ腹に力を込めた。

「そういう姉さんは、亭主が婿養子でよかったわねぇ。家付き娘が怖くって、義兄さんは女遊びもできなかったもの」

「お清っ」

怒鳴る姉に背を向けて、お清は実家を後にした。

三

まったく、どいつもこいつも腹の立つ！

あたしを何だと思っているのさ。

お天道様はいまなお高く、腹の虫は収まらない。お清は足取りも荒々しく、向かい風の吹く中を浅草寺（せんそうじ）へ行くことにした。

思えば、昔からそうだった。

親や奉公人からは常に後回しにされていても、御仏（みほとけ）は等しく慈悲を与えてくださる。そんな思いに背中を押され、気に入らないことがあるたびに、観音様に手を合わせて心の安寧を得てきたのだ。

しかし、嫁いでからは忙しく、出歩くことができなくなった。白井屋が浅草にあったときはまだしも、通油町に越してからは足が遠のいていたのである。

この辺りを歩くのも久しぶりだね。一体何年ぶりだろう。

そぞろ歩いているうちに、沸き立っていた怒りも徐々に落ち着いてきた。今日は風が強くて冷えるけれど、門前のにぎわいは相変わらずだ。

でも、見覚えのない店がやけに多い気がするね。前にここにあった店はどうなったのか。

束(つか)の間首を傾(かし)げたが、答えはすぐに思いつく。消えた店のほとんどは、商いがうまくいかなくて暖簾(のれん)を下ろしたに違いない。

人の集まる盛り場は借地代や店賃が高くつく。客の入りが悪くなれば、すぐに店を畳んでしまう。

意地になって続けると、借金で首が回らなくなる。繁盛してさらに大きな店に移るなんて、百にひとつもないはずだ。

その百にひとつもないことを白井屋太兵衛は成し遂げた。

亭主が秀でた商人だったことは、お清だって重々認めている。

それでも、白井屋が大きくなった裏には自分の内助の功もあったはずだ。他の女が嫁いでいれば、意地悪な姑ともっと揉(も)めただろう。

あたしだから底意地の悪い嫌がらせにも黙って耐えられたんだ。お真紀みたいな嫁だったら、二六時中亭主に泣きついて商いどころじゃなかったはずだよ。

悔し紛れに思ったとき、ふと姉の言葉がよみがえった。

――そうやって減らず口ばかり叩くから、太兵衛さんはよそに女を作るのさ。

ひょっとして、実の息子もそう思っているのだろうか。長らく亭主の女遊びに耐えたのは、我が子のためだったのに。

太一郎が「母は父のおかげで楽をしている」「母が至らないから、父は妾を囲っている」と思っているのなら、これまでの忍耐はどうなるのか。

母親なら、我が子を育てる義務がある。恩に着せるつもりはないが、見下されるのは我慢ならない。

太兵衛は商人としては立派でも、父親としてはろくでもなかった。子供と出かける代わりに、妾と物見遊山に行ったのだから。

太一郎やお秀から「おとっつぁんはどこに行ったの」と尋ねられるたび、「おとっつぁんはあんたたちのために、今日も商いに励んでいるんだよ」とごまかした。

それでも長じるにつれて、二人は察するものがあったらしい。父親に厳しい目を向けるようになったのに、太一郎は店を手伝い始めるなり「おとっつぁんはすごい」と言い出した。

男は商人として秀でていれば、他はどうでもいいのだろうか。

女は妻として、母として、嫁として、すべてできて当たり前だ。

望んで女に生まれたわけではないのに、この差は一体何なのか。我が身を恨めしく思ったとき、近くの小屋から耳障りな笑い声がした。

こっちが打ちひしがれているときに、どこのどいつが呑気に笑っているんだか。癪に障るったらありゃしない。

お清は理不尽な怒りを覚え、ふらふらと小屋に近づいていく。いかにも暇そうな木戸番がこっちに気付いて手を打った。

「御新造さん、ちょうどいいところに来なすった。これからトリの師匠が高座に上がるんでさ。木戸銭は半分にまけやすから、聴いていっておくんなせぇ。抱腹絶倒間違いなし、浮世の憂さが晴れやすぜ」

木戸番の後ろには「喜楽亭」の看板が掲げられている。派手な笑い声が響いていたのは、ここが寄席だったからか。

寄席は町人に人気の娯楽場だが、お清は足を踏み入れたことなどない。木戸番もお清の身なりから、「人前で大口を開けて笑うような老女ではない」と察しをつけたはずである。それでも声をかけてきたのは、よほどやつれて見えたからなのか。

ふん、あたしを憐れむなんて百年早いよ。

なにが「抱腹絶倒間違いなし」だ。たかが笑い話で浮世の憂さが晴れるなら、誰も苦労はしやしないさ。

腹の中で悪態を吐けば、またも大きな笑い声がした。一体何が楽しくて、そんなに笑うことができるのか。

こうなりゃ、あたしも噺を聴いてやろうじゃないか。面白くなかったら、木戸銭を返してもらうからね。

お清はそう決心すると、鼻息も荒く中へ入る。ちょうど一席終わったところのようで、羽織を抱えた噺家が高座を下がるところだった。

すぐに出囃子が切り替わり、「待ってました」の声が飛ぶ。ほどなく白髪頭の噺家がゆっくりと現れて高座に座る。お清は草履をはいたまま寄席の一番後ろに立ち、やや意外な思いで噺家を見た。

閉めきっている小屋の中は昼間でも薄暗い。噺家の人相はよく見えないが、髪の白さからして自分よりも年上だろう。果たして、こんな年寄りに満座の客を笑わせることができるのか。

人前に出るなら、髪くらい染めればいいものを。つまらない噺を聴かせたら、途中で出ていってやるからね。

誰も後ろを振り返らないのをいいことに、お清は腕を組んで顎を突き出す。ややして、噺家が口を開いた。

「ええ、今昔亭酔笑でございます。本日はお忙しいところをお運びいただき、誠にありがとうございます——と言うべきかもしれないが、日も高いうちから寄席に来る客がこんなにいるなんて世も末だね。『育て方を間違えた』と、家でおっかさんが泣いてるよっ」

いきなり噺家に貶されて、お清は目を丸くする。

芸人は客のおかげで食べていけるのだ。天に唾する物言いにむかっ腹を立てていたら、他にもそう思った客がいたらしい。「俺のおふくろはもう死んだぞ」と怒ったような声が飛んだ。

「なら、おまえさんの母親は草葉の陰で泣いてんだな」

酔笑はすかさず言い返し、他の客から笑いが起こる。その笑いが収まったところで、噺家は扇子を膝に打ち付けた。

「人は一所懸命に働くのが美徳とされておりますが、誰もが稼業に精を出せばいいってもんじゃありません。吉原の女郎がやる気を出すと、放蕩息子が増えちまう。噺家も面白すぎる噺をすると、客が毎日寄席に来て働かなくなっちまう。女郎や芸人はほどほどに手を抜いたほうが、世のため人のためになる」

何ともふざけた言い草だが、変に納得してしまう。「もっと真面目にやれ」と笑い混じりのヤジが飛び、酔笑は不意に真顔になった。

「とはいえ、真面目に働かれて一番困るのは、何と言っても悪党の類でございます。辻斬り（つじぎ）が夜な夜な人殺しに励み、盗人が盗みに精を出すようになったら、あたしらはたまったもんじゃない」

言うなり客の人相を確かめるように、ぐるりと見回す。お清は一瞬、酔笑と目が合ったような気になった。

「ちなみに悪党というのは、おつむが悪いとできない稼業でございます。寄席で馬鹿な噺を聴いて笑っているような人はまず悪党になれません。たとえ悪事を働いても、すぐにお縄になっちまう」

笑顔で毒を吐く酔笑に客たちがどっと笑う。そして、年老いた噺家は働き者のコソ泥と母親の噺を始めた。

「おっかさん、今日は頑張って五軒の家からお宝を頂戴してきましたよ」

「五軒も盗みを働いて、えらそうに胸を張るんじゃないよっ。どうしてまっとうに働いてくれないのさ」

「そんなことを言ったって、死んだおとっつぁんだって盗人だったでしょう。あたしの盗みの技は、おとっつぁん譲りなんですよ。この技は子々孫々まで受け継いでいかないと」

「馬鹿なことを言うんじゃないよ。あたしはあの人が盗人だなんて知らなかった。女房や子のために真面目に働いていると思っていたのに……」

「ええ、おとっつぁんは真面目に盗みを働いて、あたしたちを養ってくれました」

「だから、悪事は真面目にするもんじゃないんだよ」

酔笑は声色やしぐさを使い分け、母と子のやり取りを巧みに演じる。どこまでもすれ違う母子のやり取りの滑稽さに、お清もいつしか声を上げて笑っていた。

その後、息子は母に「盗人をやめる」と約束するが、その約束は守られなかった。血相を変えて詰め寄る母に息子は平然と言い返す。

「おっかさん、嘘つきは泥棒の始まりです」

噺家はサゲを得意げに言い、頭を下げる。客が熱心に手を叩く中、お清は真っ先に寄席を出た。

大きな声で笑ったせいか、さっきよりも胸が軽い。浮世の憂さが晴れるというのは、まんざら嘘でもなかったようだ。

しかし、噺が終わってしまえば、嫌でも我に返ってしまう。改めて自分の人生を振り返り、お清はため息をつかずにいられなかった。

女の人生は亭主次第だ。

自分は傍から見る限り、さぞ恵まれて見えるだろう。

しかし、その中身は何と空(むな)しく、みじめなことか。

亭主が隠居するまでは着物や帯、下帯の果てまで気を配り、成り上がりの狸顔でも大店の主人らしく見えるようにしてやった。家内のことで亭主を煩(わずら)わせたのは、お秀の駆け落ちが初めてだったのに……。

お清はふらつく足を引きずって、目に付いた茶店の床几(しょうぎ)に腰を下ろした。

「いらっしゃいまし。何にいたしましょう」

「そうだね。甘酒をもらおうか」

太兵衛は酒飲みのくせに、甘いものも好きだった。お清は甘酒の入った湯呑(ゆのみ)を受け取り、力なく目を閉じる。

世間が何と言おうとも、太兵衛だけは妻の苦労を知っていた。そうでなければ、「女房孝行をさせてくれ」とわざわざ言い出さないだろう。

その一言を聞いたとき、お清は「報われた」と思ったのだ。口では「何をいまさら」と言いながら、本当は涙が出るほどうれしかった。

妾が何人いようとも、最期までそばにいたのは自分だけ。

そう信じていたからこそ、隠れて妾を囲っていたと知って絶望した。

商人は信用第一だなんて嘘ばっかり。

長年連れ添った妻に最後まで嘘をついてどうするのさ。

しかも、太一郎は「おとっつぁんはおっかさんを思い、妾のことを隠していた」と言ったのだ。本当のやさしさは人に誠実であることだろう。男はどこまで身勝手なのかと、お清は目を閉じたまま甘酒を干す。

そういえば、蕎麦屋の杉次郎さんも案外見掛け倒しだったっけ。ひとり娘を大事に思うなら、あたしみたいな上客を断るべきじゃないだろうに。

太兵衛の裏切りを知った後、お清は孫のお美代に手を引かれて永代橋近くの屋台に行った。そこの主人は元武家で、妻に逃げられてから男手ひとつでお美代と同じ歳の娘を育てていた。

杉次郎がどういう事情で刀を捨てたか知らないけれど、妻に裏切られた屈辱は町人以上に強いだろう。長年連れ添った亭主に裏切られた悔しさを、この人ならきっとわかってくれる――お清はそう思い込み、頻繁に足を運んだのだ。

しかし、身なりのいい老女が屋台の蕎麦屋に通えば目立つ。外聞を気にする杉次郎から「もう来ないでくだせぇ」と頭を下げられたとき、お清は逃げた妻の気持ちがわかった気がした。所詮、杉次郎も己のことが一番の冷たい男に過ぎないのだ。

周りが自分の働きを認めないなら、もう遠慮なんてするものか。残り少ない人生を好き勝手に生きてやる。

空の湯呑を握りしめ、お清がそう決心したとき、

「ああ、よかった。ここに居ましたか」

どこかで聞いたような声に顔を上げれば、さっきまで高座にいた今昔亭酔笑が目の前に立っている。

まるで自分を追ってきたような口ぶりに、お清は目を白黒させた。

「あの、お人違いじゃございませんか」

噺の最中に一度目が合った気もするが、今日が初対面の二人である。

若いときならいざ知らず、互いに白髪頭の年寄りだ。さすがに一目惚れはないだろう。

それとも、何か落とし物でもしただろうかと思っていたら、

「人違いじゃありませんよ。おまえさんは久松屋のお清さんだろう」

「えっ」

五十五のいまになって、「久松屋のお清さん」と呼ばれるなんて……。

お清は驚きのあまり目を剝いて、穴が開くほど噺家の顔を見つめてしまった。

四

老いというのは残酷なものだ。

張りのあった肌にしわが寄り、だんだんシミも増えてくる。腰や膝も曲がってしまい、顔の造りは変わらなくとも見た目は別人のようになる。

自分を「久松屋のお清さん」と呼ぶからには、目の前の噺家は嫁入り前の知り合いだろう。しかし、若かりし日の姿は浮かばなかった。

姉さんだって美人と言われたかつての面影なんてありゃしない。この人も彫りの深い顔をしているし、昔は見栄えがしたんだろうけどね。

己のことは神棚に上げ、お清はしばし考える。それでもわからなくて黙っていたら、これ見よがしに嘆息された。

「まあ、無理もないかもしれません。こうしてお会いするのは四十年ぶりになりますから」

酔笑はそう言って、お清の隣に腰を下ろす。そして、赤い前掛けの娘に茶を頼み、一口飲んでから口を開いた。

「前々からぜひ一度、お話ししたいと思っておりました。まさか、お清さんのほうからあたしの噺を聴きに来てくれるとは……これも観音様のお導きでござんすかねぇ」

別にこの男の噺を聴きたくて寄席に行ったわけではない。腹の中で言い返せば、相手は居住まいを正して湯呑を置いた。

「ところで、今日はおひとりですか」

「え、ええ」

「おや、それはいけません。いくら日が高くとも、昨今は何かと物騒です。白井屋ほどの大店でしたら、御隠居さんのひとり歩きは控えませんと」

白井屋に嫁いだことを知っているなら、どうして実家の名を出したのか。相手の意図が掴（つか）めなくて、お清は知らず眉を寄せた。

「こっちは暇な隠居の身です。見た目はただの婆さんだし、供なんて邪魔なだけですよ。それより、あたしとは本当に知り合いだったんですか」

苛立（いらだ）ちを隠さず言い返せば、噺家は残念そうに肩をすくめる。

「できれば、お清さんに思い出してほしかったんですがね。あたしはいまでこそ噺家ですが、四十年前は植木職人の見習いをしておりました」

「久松屋さんにも出入りしておりまして、そこでお清さんと知り合ったんでございます」

「えっ」

意味ありげに笑う横顔に、紺の半纏を着ていたかつての面影が重なった。相手の正体がようやくわかり、お清はとっさに口を押さえる。

「おまえさん、札差の三男坊の……」

「はい、久松屋のお嬢さんにちょっかいを出し、親方に破門されたケチな男でございます。その節はご迷惑をおかけしまして、誠に申し訳ございません」

座ったまま頭を下げられて、お清は肌寒い中にもかかわらず、京友禅の下で冷や汗をかく。酔笑が噺家になったのは、親方に破門されたからだろう。

あたしの告げ口を恨みに思い、いまになって文句を言おうってのかい。男のくせに執念深いにもほどがあるよ。

そっちが姉と間違えて口説いた挙句、言いがかりをつけてきたくせに。逆恨みも大概にしてくれと、お清はこっそり身構える。

一方、噺家は笑みを浮かべて話し続けた。

札差は儲けの大きい商売とはいえ、跡取りの長男、控えの次男がいればいい。実家に居場所のない三男は否応なしに植木職人の弟子にさせられたそうだ。

「あたしのように浮ついた輩は商人に向かないと、父に言われてしまいまして。なぜ植木職人かってぇと、武家屋敷に出入りするからでございます。札差は旗本御家人相手の商売ですが、この世に二本差くらい信用できない相手はございません。父はあたしを植木屋にして、客の懐具合を探らせようとしたんですよ」

とことん食い詰めた旗本は庭木の手入れなどしないので、外から見ても貧しい内証がうかがえる。

だが、その手前の連中は三度の食事を二度にして外見だけは取り繕う。こういう輩に追い貸しすると、踏み倒されることが多いとか。

「幕府は旗本の味方ですから、札差は泣き寝入りです。しかし、金を貸さないことには商売になりません。そこで身内を植木屋にして内証を探らせようという父の狙いそのものはよかったんでございますがね」

甘やかされて育った末っ子は職人に向いていなかった。

何しろ根っから遊び好きで、黙っているのが苦手な性質だ。高い木に登り、ひとりで鋏を使うなんて耐えられない。そこで「家付き娘に言い寄って、婿に納まればいい」と考えたとか。

「婿入り先さえ見つかれば、親父も文句はあるまいと思いまして。だが、跡取り娘と勘違いして、お清さんに言い寄ったのが運の尽き。久松屋の跡取り娘は美人な方だと聞いていたから、間違いないと思ったのに」

「いまさら、見え透いたお世辞は結構だよ」

嘶家をしているだけあって、酔笑はさすがに口がうまい。

そんなおだてに乗るものかと、お清はぴしゃりとはねつける。相手は苦笑して首を横に振った。

「本心なんですが、そう思われても仕方がない。とにもかくにもおまえさんの告げ口で親方に縁を切られてしまい、実家の父親からも役立たずと罵られ、家を追い出されたんですよ」

末っ子に甘い母親が多少の金を持たせてくれたが、そんなものはすぐになくなってしまう。とうとう木賃宿にも泊まれなくなり、困り果てた酔笑は父親がよく行く料理屋をこっそり見張ることにした。そして、やってきた父親を捕まえて、必死で頭を下げたそうだ。

「そのときの父の連れが嘶家でしてね。あたしが無我夢中でまくし立てていましたら、なぜか感心されたんです」

――誰に似たのか知らないが、これだけ減らず口を叩けるのはたいしたもんです。案外、噺家としてモノになるかもしれません。手に職が付けられないなら、口に付けたらいいでしょう。

肝心の父親は終始険しい顔をしていたが、師匠が「面倒を見る」と申し出ると、意外にもあっさり承知した。このまま野放しにしておいて、縄付きにでもなられたら困ると思ったに違いない。

「あたしも身体を使うより、座ってできる噺家のほうがはるかにましだと思いまして。何より師匠にくっついていれば、飯と寝るところには困りません。その場で弟子入りしましたよ」

そんな成り行きで始まった噺家修業が順調に進むわけがない。

それでも後のない酔笑は懸命に稽古に励み、名の知られた噺家になることができたという。

「おかげでこのような白髪頭になっても、高座に上がっていられます。これまでいろんなことがありましたが、折に触れてお清さんのことを思い出しましたよ」

「……どうしてです」

「おまえさんが親に告げ口をしなければ、あたしが噺家になることはなかったからね。

今昔亭酔笑が生まれたのは、おまえさんのおかげです」

笑いながら礼を言われ、お清は言葉を失った。

もちろん、掛け値なしの感謝でないことはわかっている。だが、嫌み混じりであったとしても「お清のおかげだ」と思っているのは、まんざら嘘ではなさそうだ。

こんな人から「おまえさんのおかげだ」と言われるなんて……。身内は誰ひとり感謝なんてしていないのに。

尽くした相手にはそっぽを向かれ、恨まれているはずの相手からこんな台詞を聞くなんて、自分の人生はどこまでも皮肉にできている。

ここは怒っていいのか、笑っていいのか、それとも謝るべきなのか。お清が両手で顔を覆うと、噺家はうろたえたような声を出す。

「お清さん、気を悪くされましたか」

「いいえ、そんなことはないけれど……」

お清は言葉を濁しつつ、身内と仲違い（なかたが）していることを打ち明ける。噺家はしたり顔でうなずいた。

「人なんて勝手なものですから。そう言うお清さんだって絶えず親に感謝しているわけでもないでしょう」

「そんなことは……」

ないと続けようとして、お清は続けられなくなる。

考えてみれば、自分だっていつも親に感謝しているわけではない。「跡取りの姉ばかり大事にした」と恨みに思うことが多々あった。

でも、あたしは二人の子をどっちも大事に育てたし、面と向かって実の親に逆らったこともないはずよ。

とっさに腹の中で言い訳するも、なぜか都合の悪いことばかり頭に浮かぶ。年を取ると昔のことが鮮明によみがえるのはどうしてだろう。

こっちの焦りを察したように、酔笑が笑いながら手を振った。

「あたしだっていまは感謝しておりますが、仕事がうまくいかないときはお清さんを恨んだもんです。生きている人の心は定まらないものですよ」

そんなふうに言われると、思い当たることがたくさんある。不承不承うなずけば、相手は気まずげに頭をかいた。

「実を言うと、あたしも白井屋の旦那に告げ口したことがあるんです。あれは十五年、いやもっと前になりますか」

人気芸人となった酔笑は調子に乗って遊んだ挙句、性質の悪い女に引っかかった。その女の情夫につきまとわれて寄席をしくじり、人気に陰りが出始めた。

そんなときに贔屓筋から白井屋太兵衛を紹介されたという。

「白井屋がお清さんの嫁ぎ先で繁盛していることは知っておりました。愛想のいい太兵衛旦那を前にしたら、恨み心がうずきましてね。『嫁入り前のお清さんといい仲だった』と耳打ちしたんです」

聞き捨てならない打ち明け話に、お清は床几から立ち上がる。

自分の告げ口とは違い、酔笑の告げ口は嘘八百だ。怒りもあらわに詰め寄れば、噺家は「まあ、落ち着いて」となだめにかかった。

「心配することはありません。旦那はあたしごときの言うことなんて相手にしませんでしたから」

さらに「妻の評判に傷をつけたら、ただじゃ置かない」と凄まれて、酔笑は震え上がったそうだ。

「太兵衛旦那は女好きだと聞いていたので、笑って聞き流してくれると思ったんですがねぇ。あたしの贔屓も驚いたのか、『おまえさんのような女好きでも、御新造さんは大事かい』と旦那をからかったんです」

するとと、太兵衛は大真面目に「当たり前です」と返したとか。

――妾の代わりはいるけれど、妻の代わりはいないからね。

その言葉を聞いた酔笑は、二度と白井屋に近づくまいと決めたそうだ。

「ですが、怖い旦那が亡くなったと聞き、折があればと思っておりました。今日はお目にかかれて幸いでした」

語られる話があまりにも予想外で、お清の頭はついていけない。まるで尻餅をつくように床几に座り直してしまった。

いまの話が本当なら、太兵衛は妻を大事に思っていたことになる。そんな馬鹿な、と言いかけて、太一郎の言葉を思い出した。

――おとっつぁんが妾のことを黙っていたのは、おっかさんを傷つけたくなかったからです。おっかさんを思えばこそですよ。

隠居後も妾がいたと知ったとき、お清は怒りに任せて死んだ太兵衛を罵った。太一郎はそれを聞き咎め、亭主の味方をしたのである。

あのときは腹の中が煮えくり返り、いても立ってもいられなかった。

だが、酔笑の話を聞いたいまならば、太一郎の言い分を信じてやってもいいかもしれない。困った女好きだったけれど、亭主は亭主なりに妻を思っていたのだろう。

もちろん、噺家は舌先三寸の商売だ。お清の機嫌を取るために、口から出まかせを言ったのかもしれない。それでも、自分は救われたのだ。

死んだ亭主とこの人が「あたしのおかげ」と思っているなら、あたしは少なくとも二人の男の人生を変えたことになる。妻として大商人を支えたばかりか、人気の噺家が生まれるきっかけになるなんて、あたしの人生もまんざら捨てたもんじゃない。

お清が胸の中で折り合いをつけると、酔笑が身を乗り出してきた。

「おや、声をかけたときはひどく顔色が悪かったのに、頬に赤みが差してきましたね」

「あら、そうですか」

澄ました顔で答えつつ、お清は両手で頬を押さえる。自分は案外思ったことがそのまま顔に出るらしい。

「これからは昔馴染みとして、どうぞ贔屓にしてくださいまし。あたしもこの歳ですし、いつまで噺をできるかわかりませんので」

恐らくこの台詞を言いたくて、酔笑は自分を追いかけてきたのだろう。ちゃっかりしていると思ったが、嫌な気分はしなかった。

「ええ、そうさせてもらいます。今日はおまえさんの噺を聴いて、しっかり笑わせてもらいましたからね」

若かりし日の悪縁がこんな形でつながるなんて。人生はままならないが、悪いことばかりではないらしい。

来月の月命日は亭主の墓参りに行ってやろう。

お清は床几に座ったまま、西の空に目を向けた。

夢見草

高田在子

高田在子（たかだ・ありこ）
一九七二年神奈川県生まれ。相模女子大学短期大学部国文科卒。著書に『忍桜の武士　開花請負人』『味ごよみ、花だより』、「はなの味ごよみ」「まんぷく旅籠朝日屋」「茶屋占い師がらん堂」シリーズなど。

一

「早いものだねえ。あの子を引き取ってから、十四年。もう嫁入りだなんてさ」

襖の向こうから聞こえてきた声に、おさちは足を止めた。茶が飲みたくなって台所へ向かう途中、居間の前を通りかかったところだった。

「お絹さん、あんたも苦労したね」

同じ町内に住む蠟燭屋の内儀、お雅の声だ。

「いいえ。苦労なんて、ちっとも」

おっとり朗らかな声で返したのは、おさちの母——養母の絹代である。

「あの子がうちへ来てくれたおかげで、わたしは生きる力を取り戻したんですよ」

「ちょうど今頃だったよね。桜の開花が待ちどおしい季節でさ」

小さく茶をすする音がかすかに響いた。

「お絹さんが、あの子の手を引いて帰ってきたのを見た時には、お初ちゃんの生まれ変わりを連れてきたのかと思ったよ。とても他人とは思えないって、あんたも言ってたもんねえ」

おさちはそっと、あとずさった。足音を立てぬよう気をつけながら、二階の自室へ戻る。

白い障子越しに差し込んでいるうららかな日の光が畳を明るく照らしている。

ふと振り向けば、箪笥(たんす)の上に飾られた人形が穏やかな笑みを浮かべて、じっとおさちを見ていた。

本来であれば、この部屋の物はすべて高倉屋の本当の娘で初代(はつよ)の物――初代が赤ん坊の頃に死ななければ、おまえの物にはならなかったのだ――そう言われている気がした。

おさちは人形から目をそらし、文机(ふづくえ)の前に座った。そこに置いてあった巾着を手にして、紐に取りつけてある根付を見つめる。

毬(まり)のようになって咲いている桜の花の上に兎が乗っている、可愛らしい根付――これは、おさちの物だ。火事場で一人、泣いていた時に握りしめていた物だという。

――あたしは、おさち。よっつなの。おとっつぁんと、おっかさんが、いなくなっちゃった――。

おそらく両親と死に別れた自分が泣きながら語ったという言葉を、おさち自身は覚えていない。あとになって高倉屋の両親から聞いたところによると、幼いおさちが握りしめていた根付を作ったのはおとっつぁんだと言っていたというから、実の父親はきっと根付師だったのだろう。

通りかかった誰かが、おさちをお救い小屋に連れていってくれたらしい。そのお救い小屋へ、小間物屋、高倉屋孝右衛門と妻の絹代が知人の見舞いに訪れたのは、おさちにとってまさに幸運だった。

生まれて間もなく亡くなった、二人の間の子供が生きていれば、ちょうどおさちと同じ年——おさちの身元が不明だと知った孝右衛門と絹代は胸を痛めて、おさちの身寄り捜しに尽力してくれた。何度もお救い小屋へ足を運んでは、おさちの様子を確かめて、優しく声をかけてくれた。

身寄りを亡くした他の子供たちと一緒に、おさちも寺へ預けられることになった時、孝右衛門と絹代は里親になりたいと申し出た。すっかりおさちに情が湧いてしまい、手元に置いて何の苦もない暮らしをさせてやりたくなったのだという。

けれど二人は、おさちを引き取ってから一年の間ずっと、実の両親が生き残っていないか調べ続けてくれた。岡っ引きの親分に心づけを弾み、人を雇ってまで、おさちの身内を捜そうとしてくれたのである。

おさちの身元はようとして知れぬまま一年が過ぎ、誰もがみな、やはりおさちは火事で孤児になったのだと思わざるを得なくなった。

そして、孝右衛門は言ったのだ。

――おまえは今日から、うちの子だよ。わたしと絹代が親として認められた――。

絹代に抱きしめられながら、おさちはこくりとうなずいた。

事細かな情景は覚えておらずとも、絹代の腕の中で安堵していた記憶は、おさちの中に残っている。

おさちは裕福な家の娘となり、みっつ年上の優しい兄もできた。

同業の縁で高倉屋と親しくしている澄野屋の跡継ぎ、光二郎に望まれて、もうすぐ嫁ぐことも決まっている。

幸せの真っただ中にいるはずなのに、おさちは時折ふと考えてしまうのだ。

十四年前の火事がなければ、今頃は本当の両親と暮らしていただろう。光二郎のもとへ嫁ぐ縁も生まれなかったはずだ。

今のこの幸せは、いつか醒めてしまう夢のようなものではないだろうか……そんな不安が、おさちの胸を何度もよぎる。

「おさち、ちょっといいかしら」

襖の外からかけられた絹代の声に、おさちはびくりと肩を震わせた。別に隠す必要もないのに、巾着袋を畳んで根付が見えないようにしてしまう。

「どうしたの、おっかさん」

おさちが声を発すると、襖が外から引き開けられた。

「お雅さんがお団子を持ってきてくれたから、一緒に食べないかと思ったんだけど――」

絹代は部屋に踏み入ると、おさちの顔を覗き込んできた。

「何だか冴えない顔色ね。具合でも悪いの？」

おさちは首を横に振った。

「何ともないわ。いつも通りよ」

絹代は困ったような笑みを浮かべて、おさちの前に居住まいを正す。

「このところ、ちょっとふさぎ込んでいるようだけど……嫁ぐ日が近づいて、不安になっているのかしら」

おさちは小さくうなずいた。実の両親のことが気になっているとは言えない。

絹代は目を細めて、おさちの手を優しく握りしめる。

「大丈夫。おさちなら、澄野屋さんの嫁として立派にやっていけるわ。光二郎さんのご両親も、とてもいい方たちですもの。それに、嫁ぐ前の女はみんな、多少の憂鬱を抱え込むものよ。わたしもそうだったわ」

絹代の手が励ますように、おさちの手の甲をぽんぽんと軽く叩く。

「家の中でじっとしているのがよくないのかもしれないわ。気晴らしに、散歩にでも行ってらっしゃいな」

おさちは窓に目を向けた。障子の向こうで淡く輝いている柔らかな日差しが、おさちを癒してくれるような気がした。


遠出はしないから大丈夫だと言って女中の供を断り、おさちは一人で家を出た。

横山町二丁目を出て、神田川に向かい、川沿いの道を西へ。筋違橋を渡り、昌平坂の手前を右に折れて、神田明神の鳥居をくぐる。

手と口を清めて社殿の前に立ち、神に向かって手を合わせた。何の憂いもなく光二郎のもとへ嫁ぐことができるよう祈る。

兄と同い年の光二郎とは、おさちが高倉屋に引き取られてから何度も顔を合わせており、気心が知れている。二人目の兄のような存在だった光二郎に、いつしか恋心を抱くようになっていたおさちは、すぐに求婚を受け入れた。

きっと幸せになれるはずだと、おさちは社殿の前で何度も自分に言い聞かせる。

火事で亡くなった両親も、あの世から自分を見守ってくれているはずだ……。

「あの、ちょいとお尋ねいたしますが」

祈り終え、社殿の前から一歩退いたところで、見知らぬ女に声をかけられた。絹代と同じ年頃だろうか。

女は、おさちの巾着を指差した。

「その根付は、いったいどこでお買い求めになったんですか？」

おさちは手首にかけていた巾着の紐をつまみ、毬桜と兎の根付を女の前にひょいと掲げた。

「これですか」

女はうなずくと、食い入るように根付を見つめて言った。

「とても可愛らしいですよね。根付といえば、男たちが印籠や煙草入れなんかの提げ物につける留め具だとばかり思っていましたけど——若いお嬢さんたちが好んで持ち歩くような女物の根付も、この頃は流行っているんですか」

おさちは小首をかしげて女を見た。女は言い訳のように続ける。

「もしそうなら、ちょいと贈り物にしたいなんて思いましたもので」

女は背筋を正して、おさちの顔をじっと見た。

「あたしは中之郷八軒町に住んでおります、おとわと申します。つまみ細工職人の女房でございますが、何か気の利いた小物でも選びたいと思って大川を越えてきたものの、とんと見当がつかず、途方に暮れておりました」

おとわは困り顔で頰に手を当てる。

「日本橋のほうまで足を延ばそうと思っていたんですが、何だか気が引けてしまって、明神さまの境内でひと休みしていたんですよ」

「さようでございましたか」

おさちはさりげなく目を走らせて、おとわの様子を確かめた。

まとっている着物は絹代より質素だが、栗皮茶の縞柄に古ぼけた感はない。

声をかけられた時には、おどおどしているような表情にも見えたが、凛としたたたずまいを改めて見ると、堂々たる職人のおかみさんといった風情だ。ひょっとしたら、夫は腕のいい職人で、何人かの弟子を抱えている身ではないかと思われた。

日本橋の大通りを歩いても、物怖じする必要はないようだが——。

おとわは首を伸ばして、おさちの顔と根付を交互に見やる。

「それで、お嬢さんが持っていらっしゃる根付は、どこで……」

「これは売り物ではないんです」

おさちは微笑みながら、そっと根付を握りしめた。

「幼い頃から、わたしが持っている物で――おそらく父親が作ったのではないかと思われます」

おとわが怪訝(けげん)そうに眉をひそめた。

「思われるってのは、どういう意味です？」

おさちは手を開いて、根付を見つめた。毬桜の上の兎が、手の平の上にころんと転がる。

「わたしは幼い頃に、両親を火事で亡くしました。さちという自分の名は覚えていたものの、当時の記憶があまりないので、確かなことは申し上げられないのですが」

おとわが息を呑んだ。

「まあ……あたしったら、不躾(ぶしつけ)なことを伺ってしまって……」

おさちは微笑んだまま首を横に振った。

「どうか、お気になさらず。わたしは横山町二丁目にございます高倉屋という小間物屋に引き取られ、幸せに育ちましたので、かわいそうな孤児ではございません」

おとわの表情が、ほっとしたようにゆるむ。

「小間物屋のお嬢さんでしたか。どうりで、身につけている簪(かんざし)も、紅も、洒落(しゃれ)ていると思いました。横山町は、馬喰町(ばくろちょう)の旅籠(はたご)に泊まるお客を相手に商売が盛んだと聞きましたけど——二丁目だと、確か、南に武家地もありましたよねえ」

　おさちはうなずいた。

「うちにはお武家さまのお出入りもございますので、上品で落ち着いた品も数多くご用意してございます」

　おとわは納得顔になる。

「お嬢さんのお召し物も、品がいいですものねえ」

「いえ、そんな——おとわさんは、横山町のほうにお詳しいんですね」

　気恥ずかしくなって話をそらせば、おとわは目を細めた。

「昔、豊島町(としまちょう)に住んでいたんです」

　神田豊島町は、日本橋横山町の近くだ。ゆっくり歩いても、四半時（約三十分）はかからない。

「ねえ、お嬢さん。もし品選びに迷ったら、見立てをお願いできますか」

　おとわに顔を覗き込まれて、おさちは笑みを深めた。

「わたしは店に出ておりませんが、父や兄がお買い物を手伝わせていただきますので、どうぞご安心ください。頼りになる番頭や手代たちもおりますので、ぜひ高倉屋をご贔屓にお願いいたします」

おとわは大きくうなずいた。

「このあと用事がありますもので、今日はこれで帰りますが、近いうちに寄らせていただきますよ」

おとわは軽く頭を下げると、足早に境内を出ていった。その後ろ姿が見えなくなってから、おさちは門前の茶屋へ向かって歩き出す。

店先に置かれている鉢植えの沈丁花が目に入った。近づくごとに、沈丁花から漂う香りが濃くなってくる。

ふんわりと鼻先に絡みつく花の甘い香りが心地よい。この店で甘酒でも飲めば、心が安らぐ気がした。

やはり外に出て、人と話したことが、大きな気晴らしとなったのだろう。

家族に饅頭でも買って帰ろうかという穏やかな気持ちが、甘酒を注文するおさちの胸の中に広がっていった。

神田明神で会ったおとわが高倉屋を訪れたのは、その翌日だ。

手代に呼ばれ、おさちが店へ顔を出すと、兄の周介がおとわの相手をしていた。

「こちらのお客さまが、昨日おまえが髪に挿していたのと同じような簪が欲しいとおっしゃっていらしてね」

周介は微笑みながら、おさちの頭に視線を向ける。

「このところずっと、おまえが身につけているのは波千鳥を模った平打ち簪だったはずだが、昨日も同じ簪で間違いはないね？」

「はい」

おさちは即答した。

髪に挿しているのは、光二郎にもらった平打ち簪である。波間を飛ぶ二羽の小鳥の模様には、世間の荒波を二人で寄り添ってどこまでも進んでいくという、夫婦和合の願いが込められていた。

「それじゃ、あたしが見間違えたんですね」

おとわが申し訳なさそうな声を上げる。

「てっきり蝶の模様かと思い込んでいました」

周介は微笑んだまま、おとわに向き直る。

「蝶も縁起のよい模様でございますね。残念ながら今は、蝶も千鳥も売り切れてしまいましたが、吉祥文様の簪は他にもございますので、どうぞご覧ください。鳳凰や鶴亀などを模った簪はいかがでしょうか」

周介の言葉に、少し離れて控えていた手代がいくつかの簪をおとわの前に並べる。

おとわは簪を覗き込んで小首をかしげると、おさちを見た。

「お嬢さんは、どれがいいと思いますか？」

おさちは思わず、周介の顔を見る。周介は笑みを浮かべてうなずいた。

「昨日お会いした時、おまえにお買い物の手伝いを頼んだと伺っている。お役に立てるよう、精一杯努めなさい」

店の奥で番頭と話していた父に顔を向ければ、ちょうどこちらを見ていて、目が合った。父も鷹揚(おうよう)にうなずく。

二

おさちはおとわに向き直った。

「昨日のお話では、贈り物をお探しということでしたが、お相手は若い娘さんですか？それとも簪は、おとわさんご自身の物をお探しでいらっしゃいますか」

おとわの目が、並べられた簪の上を泳いだ。

「ええと……お世話になった方のお嬢さんに、贈り物をしようと思っていたんですけど……自分の物も欲しくなってしまって、困っちゃいますね。どれも素敵なお品ばかりだから」

おさちはにっこり笑った。

「ありがとうございます。どうぞお手に取ってみてくださいませ。ごゆっくりお選びくださいね」

おとわは目尻を下げて、一本の簪に手を伸ばした。おさちの前に掲げて、優しく目を細める。

「若い娘さんなら、こんな簪も可愛らしいわねえ。だけど、お嬢さんくらいの年頃の人には、少し子供っぽいかしら」

おとわが手にした平打ち簪の中には、三日月の上をぴょんと飛び跳ねる兎がいる。

それは、おさちの根付の兎と少し似ていた。

兎の簪を買って帰ったおとわが翌日になって再び現れたと知った時、おさちは自分の見立てに間違いがあったのかと慌てた。贈る相手の年齢をはっきりと確かめなかったが、おとわが案じていたように、子供っぽいからと気に入ってもらえなかったのだろうか。

　手代に促されるまま店に顔を出すと、周介の前に座っていたおとわが満面の笑みを向けてきた。どうやら杞憂だったようだ。おさちは安堵しながら一礼する。

「いらっしゃいませ。昨日の贈り物は、先さまにお喜びいただけましたでしょうか」

「ええ、もちろん」

　おとわは満足げな表情で、目の前に並べられていた巾着に目を移した。

「今日は、自分の巾着を買おうと思いましてねえ」

　おさちは小首をかしげた。昨日、一昨日と、おとわは巾着を持ち歩いていただろうか。簪を買った時も、懐から財布を取り出していなかっただろうか。

　おとわが顔を上げて、おさちを見る。

「普段は持ち歩いていないんですけどね。お嬢さんの巾着を見て、あたしもやっぱり使ってみようかと思いまして」

　おとわは膝の脇に置いてあった巾着をひょいと持ち上げた。

「だけど、ほら、家にあったのは、ずいぶんと色あせてしまってねえ。古い物だから、もう買い替えたいんですよ」

　確かに、おとわの巾着はだいぶ古ぼけて見えた。

周介に促され、おさちも腰を下ろす。

「今日も、おまえに品を見立ててもらいたいそうだよ」

おとわが大きくうなずいた。

「昨日お嬢さんが一緒に選んでくださったお品は、本当に素敵でしたからねえ。あたしも、ちょいと垢抜(あかぬ)けた物を持ちたいんです。どうかお願いしますよ」

周介の顔を見ると、昨日と同様にうなずかれた。

「おとっつぁんのお許しもいただいているから、おまえがお品を選んでさしあげなさい」

店の奥に目をやれば、孝右衛門も番頭も別の客の相手をしている。

周介はおとわに一礼すると、立ち上がった。

「では、ごゆっくりどうぞ」

おさちはおとわに向き直る。

「これまでお使いになっていた巾着は、無地の鶯(うぐいす)色ですね。新しくお求めのお品も、やはり落ち着いた色合いの無地になさいますか」

目の前に並べられた巾着の中から、おさちは草色の巾着を手にした。

「少し色味が違いますが、こちらはいかがでしょうか」

おとわの様子を窺いながら、紺青や江戸紫の巾着も取り出す。

「もっと色味を変えるのであれば、こちらのお品などもお似合いかと存じます」

おとわは小さく唸りながら、おさちの顔を見る。

「お嬢さんが持っていた巾着は、どんなのでしたっけ。確か、紺地に花柄でしたよねえ」

「はい。柄物もございますよ」

おさちの目配せで、近くに控えていた手代が柄物の巾着をいくつか持ってくる。

新たに並べられた巾着を、おとわはじっと覗き込んだ。

「神田明神でお嬢さんが持っていらしたのは、こんなのでしたっけ」

おとわが手にしたのは、黒地に四季折々の花が描かれた巾着である。

「わたしの巾着は紺地に花ですが、これはまるで色違いのように、よく似ておりますね」

花の色味を抑えてあるので悪目立ちせず、上品な趣になるよう仕上げられている。

けれど、おとわが持つには若々し過ぎた。

おさちは目の前の品をひとつずつじっくりと見つめ、おとわにふさわしい物を探した。黒地に松の木が描かれている巾着が目についたので、おとわに薦めてみる。

「こちらなどは、いかがでしょうか。落ち着いた色合いで、おとわさんによくお似合いかと存じます。松も縁起柄ですし」

だが、おとわの目は花柄の巾着に釘づけである。

「あたしがもっと若かったら、こんなのも持てたんでしょうかねえ。娘時代は、花柄が好きだったんですよ。だけど昔は貧しかったから、欲しい物もそうそう買えなくて」

おとわは巾着に描かれた花々をそっと撫でる。

「あたしに娘がいたら、その子に買ってやれたんでしょうけど……うちは倅一人だから……」

巾着に描かれた花々を見つめるおとわの表情はひどく切なげで、おさちはうなずくことしかできなかった。

以前、孝右衛門が語っていた言葉をふと思い出す。

——たかが小間物、されど小間物。人は買い物で癒される時があるんだよ。だから、わたしたちは、お客さまに心地よく品を選んでいただけるよう、常に心がけておかねばなるまい——。

同業の家に嫁いでいく自分も忘れてはならない心得だと、おさちは改めて父の言葉を胸に刻み込んだ。

金銭に余裕が生まれた今になって、おとわはずっと昔に憧れていたような品を買いたくなったのかもしれない。

けれど、明らかに似合わないとわかっている品を売るわけにもいかなかった。

おさちは松の柄の巾着を再びそっと差し出した。

「やはり、おとわさんには、こちらのお品がお似合いかと存じますが」

おとわは夢から醒めたように、花柄の巾着から顔を上げた。松の柄の巾着に目を移すと、手を伸ばして、おさちの顔を見ながら胸の前に掲げる。

「それじゃ、お嬢さんが選んでくださった巾着にしましょうかねえ」

おとわは気を取り直したように微笑んだ。

「花柄の巾着は、いつか倅が所帯を持った時にでも、嫁に買ってやることにしますよ。今のところ、まだまだ先の話になりそうですけどね」

「息子さんはおいくつですか?」

「今年で二十五になりました。うちの亭主の跡を継いで一人前になるには、もう少し時がかかりそうですよ。一日も早く、しっかりしてくれるといいんですけどねえ」

だが、一人息子の話をするおとわの表情は幸せそうだ。

「そちらの巾着をお包みいたしますね」

「ええ、お願いします」

いったんおさちに渡した松の柄の巾着を、おとわは愛(いと)おしそうに見つめていた。

おさちが薦めた品も、けっきょくは気に入ってくれたようだと安堵する。

巾着の包みをしっかと胸に抱いて帰っていくおとわの後ろ姿を見送って、おさちは満ち足りた気持ちになった。

けれど翌日また、おとわが店にやってきたと聞いた時、もしや売り方が押しつけがましかったのではないかという思いがおさちの頭をよぎった。

お客さまの心を大事にしなければならないということは、父も兄も常々語っていることだ。けれど、おさちは、おとわが欲しがった物ではなく、おとわに似合う物を薦め続けた。けっきょく、意に沿わぬ買い物をさせてしまったのだろうか。

おとわが呼んでいるからと手代に促され、自室から店に向かう途中、おさちは苦情を入れられると覚悟した。

あたしはねえ、年相応だろうと言われても、やっぱり松の柄の巾着は嫌だったんですよ。どうしても花柄が欲しかったのに、お嬢さんが強く薦めるから、仕方なく松の柄を買ってしまいました――そんな文句を言われるかもしれないと身構えた。

けれど、おさちが店に顔を出したとたん、おとわは屈託のない笑みを向けてきた。

「お嬢さん、今日は紅が欲しいんですよ」

おとわは目尻にしわを寄せて笑みを深める。

「昨日も洒落たお品を選んでいただきましたから、今日も見立てをお願いしたいんです」

こっそり安堵の息を漏らしながら、おさちは少々戸惑った。

高倉屋を贔屓にしてもらえるのはとてもありがたいが、三日続けて買い物にくるとは——しかも、毎度おさちに見立てを頼むだなんて——。

番頭や手代たちの目を気にしながら、おさちはおとわに向かい合った。紅が刷かれている貝殻を差し出して、中を見せる。

「おとわさんには、このようなお色がお似合いかと存じます」

おさちの手元を覗き込んで、おとわは小首をかしげた。

「そうねえ……他のお品も見せていただけますか。そちらは、どんな色？」

指差された貝殻を差し出すと、おとわはうっとり目を細めた。

「鮮やかで、綺麗な色ですねえ。気持ちが若々しくなりそう」

おさちから貝殻を受け取って、おとわはじっと紅を見つめる。そして、ふと思いついたように、おさちの顔の近くに貝殻を寄せた。

「この紅、お嬢さんに似合いますね」

おさちは苦笑しながら、先ほど薦めた紅を再び手にした。

「おとわさんには、やはり、こちらのお色のほうがよろしいですよ」

「そうかしら」

おさちは手代に手鏡を持ってきてもらうと、おとわの顔を映し出した。

「こちらのお色のほうが、おとわさんのお肌の色に合っていると思います」

おさちは自分が見立てた紅を、鏡の中のおとわに向けた。

おとわは自分が手にしている紅と、おさちが手にしている紅を見比べて、苦笑する。

「やっぱり若い頃と今とじゃ、肌の色艶が違いますもんねえ」

おさちは答えずに微笑みながら、おとわの手の中にある紅を見つめた。

この紅も、おとわが娘時代につけてみたかった色なのだろうかと思いながら、自分が手にした紅をおとわの顔の近くに寄せる。

「わたしがおとわさんくらいの年になった時、こんな色をつけてみたいです」

おさちが差し出した紅を、おとわはじっと見つめた。

「それじゃ、お嬢さんが選んでくださった紅にしましょうかねえ」

「ありがとうございます」

　丁寧に包まれた貝殻を胸に抱いて、おとわは帰っていった。

　店先に出ておとわを見送り、中へ戻ると、手代と一緒に品物を片づけていた小僧が小首をかしげながら出入口をじっと見ていた。

「こら、ぼんやりしていないで、手を動かせ」

　手代に叱られた小僧は「はい」と返事をするが、まだ出入口に顔を向けたままだ。小難しい顔をして、唸り声まで上げている。手代が怪訝な目を小僧に向けた。

「何だ、どうかしたのか」

「いえ、あの……」

　小僧は自信なげに眉尻を下げる。

「先ほどお帰りになったお客さまが、お嬢さんに似ていらした気がして」

　今度は手代が小首をかしげて出入口を見やる。

「お嬢さんのお見立てで、紅をお買い求めになったお客さまか？」

「はい」

　おさちは思わず頬に手を当てた。

わたしと、おとわさんが似ている……？

手代と小僧が品物を抱えて店の奥へ引っ込んだあとも、おさちはしばしその場にたたずんで出入口を眺めていた。


自室に戻ると、おさちは鏡の前に座り込み、そこに映っている自分の顔を凝視した。

そんなに、おとわと似ているだろうか。

おとわが連日店へやってきて、ひとつずつ品物を買っていく意味を、今さらながらに深く考えてしまう。

ひょっとして、目当ては小間物でなく、自分なのか……？

悶々とする胸を押さえながら、今度は文机の前に座って、その上に載せてあった巾着を手にする。

神田明神で声をかけてきた時、おとわはどんな表情で毬桜と兎の根付を見つめていただろうか。

おとわの顔が、おさちの胸の中に大きく広がった。

もし、火事で死んだと思っていた実母が生きていたのだとしたら……根付を見て、おさちを実の娘だと確信したのだとしたら……。

おさちは巾着についている根付をぎゅっと握りしめた。

いや、ありえない。

実の両親は、十四年前の火事で亡くなっているはずだ。高倉屋の両親が一年もの間ずっと捜し続けてくれたのだから、間違いはない。

かつて、おとわは豊島町に住んでいたと言っていたが、もし実母がそんなに近所にいたのであれば、捜し回ってくれた者たちが誰も気づかぬはずはない。

おとわは、つまみ細工職人のおかみさんなのだ。おさちの実父は根付職人だったはずなので、おとわが実母であるわけがない。

それに、おとわには二十五の一人息子がいると言っていたではないか。

お救い小屋で過ごしていたおさちは「おとっつぁん、おっかさん」と言って泣いていたと聞いたが、「兄ちゃん」という言葉がおさちの口から出ていたとは聞いたことがない。おさちの兄は、高倉屋の周介だけなのだ。

だが、その翌日も、そのまた翌日も、おとわは店にやってきて、おさちに買い物の見立てを頼んだ。こうなってくると、やはり何らかの意図があるのではないかと勘ぐってしまう。

おさちは根付を握りしめ、自室でぼんやり過ごすことが多くなった。

三

そんなある日、光二郎がやってきた。

「おさちの部屋に入るのは、子供の頃以来だな」

外から様子が見えるよう、ほどよく開けた襖の前に座って、光二郎は懐かしそうに目を細めた。

「周介も一緒に三人で、かるた遊びなんかをしたよなあ」

おさちはうなずいた。

「光二郎さんも、兄さんも、店の仕事を覚えなきゃならなくなって、遊んでくれなくなったわね」

光二郎は、にやりと口角を上げる。

「だが、もうすぐ一緒に暮らせるぜ」

光二郎の目つきは、やけに意味深長だった。おさちの頬に、ぽっと熱が集まる。

「今日は突然どうしたの？ お店を抜けてきたんでしょう」

照れ隠しで話をそらせば、光二郎は真面目な表情でおさちを見つめた。

「周介のやつが文を寄越してきたんだ。この頃おさちが沈み込んでいるのは、おれが不甲斐ないせいだってな。嫁ぐことを嫌がっているんじゃないかと書かれてあった」

おさちは、ぎょっと目を見開いた。光二郎が、ふっと笑みを漏らす。おさちは唇を尖らせた。

「まあ、ひどい。からかったのね」

光二郎は笑みを深める。

「おまえがおれを嫌がるはずはないからな」

おさちは肩をすくめてみせた。

「ずいぶんと自惚れているわね」

「おさちを信じているのさ」

いけしゃあしゃあと言ってのけてから、光二郎は居住まいを正した。

「だが、おれが忙しくしている間に、おさちが悩み事を抱えたのは事実だろう。周介に教えてもらわなければ、おれは何も知らないままだった」

光二郎の強い視線に、おさちは心ノ臓を射貫かれた思いだった。

「悩み事なんて……わたし……」

よけいな心配をかけぬよう、ごまかす言葉を探そうとするが、光二郎の無言の眼差しが重くのしかかってきて、おさちに嘘を許さなかった。

「おとわさんという人がいるのだけど――」

神田明神での出会いから、おさちは事細かに語った。

おさちの根付を、おとわが食い入るように見つめていたこと。高倉屋に連日やってきては、おさちに見立てを頼むこと。自分と関わりのある人かと思ったが、おとわの身の上からは、とても考えられないということ。

伝える途中で、商売の難しさを感じたことなどにも話が飛んだが、光二郎は相槌を打ちながら熱心に耳を傾けてくれた。

すべて聞き終えると、光二郎はまっすぐにおさちを見つめて微笑んだ。

「今おれに言ったことを、高倉屋のご両親にも話してみたらどうだ」

おさちはしばし絶句する。

「そんな……言えないわ」

「どうして」

「だって、わたしが実の親のことをいつまでも気にしていると告げるようなものじゃないの」

光二郎は膝に手をついて身を乗り出してきた。

「なぜ、告げちゃいけないと思うんだ」

「なぜって……」

おさちの頭の中を、引き取られてからの日々が走馬灯のように駆け巡る。

夜に怖い夢を見て泣き出した時には、絹代の夜具の中に入れてもらった。冷えた体を優しく包み込んでくれたあの温もりは、まさしく母の愛だった。

大川へ打ち上げ花火を見にいった時、肩車をしてくれた孝右衛門の力強さは、娘を守る父の愛。時にうっとうしがりながらも、両親に叱られた時にさりげなく励ましてくれて、食事前にこっそりお菓子をくれたのは、妹に対する兄の愛。

「わたしが実の親のことを考えていたら、ここでみんなに可愛がってもらったあの日々に、傷をつけられたと思われないかしら」

「何を言っているんだ。それこそ、ありえない話じゃないか」

おさちの怯えを、光二郎が一蹴する。

「高倉屋のご両親が、死んだお初のことをずっと忘れずにいたら、おまえは薄情な裏切り者だと思うのか？」

おさちは首を横に振った。

「だったら、高倉屋のご両親や周介の気持ちもわかるだろう」

おさちは涙ぐむ。

光二郎がにじり寄ってきて、おさちの肩を抱き寄せた。

「馬鹿だな」

おさちはうなずいて、光二郎の胸に顔をうずめた。溢(あふ)れる涙が、光二郎の胸元を濡らしていく。おさちは小さく洟(はな)をすすった。

「そこで鼻水を拭くなよ？」

光二郎が笑って、懐から手拭いを取り出す。

「ほら」

おさちは身を起こすと、手拭いを受け取って顔を拭いた。

「ありがとう。おとっつぁんたちに、この胸の内を話してみるわ」

涙で湿った手拭いを畳んで返すと、光二郎は懐にしまいながらうなずいた。

「何かあったら、一人で泣いていないで、すぐにおれを呼べ。すっ飛んできてやるから」

おさちの胸に、じんわりと温かい幸せが広がった。

「頼もしいわね」

幼い頃、近所の餓鬼大将に「拾われっ子」だと散々からかわれた時のことを思い出す。棒を振り回し、しつこく囃し立ててきた悪餓鬼に拳骨を食らわせて、兄とともに追い払ってくれたのは、目の前にいる光二郎だった。

今も昔も変わらずそばにいてくれる唯一無二のこの男は、もうすぐおさちの夫となる。

おさちは目を細めて光二郎を見つめた。

火事で失ってしまった大事なものもあったが、この運命を辿らなければ巡り合えなかったかけがえのない縁もあるのだという事実を、おさちは改めて噛みしめた。

その夜、家族そろって膳の前に着いた時に、おさちはおとわのことを話してみようと思った。

けれど、すぐには言い出せない。口を開いては、味噌汁を飲んだり、菜を食べたりするばかりである。

上座で酒を楽しんでいた孝右衛門が杯を傾けながら、おさちに顔を向けた。

「座敷に置いてある嫁入り支度は、すべてそろっているな」

おさちの隣に座っている絹代がうなずく。

「万事、抜かりなく整っております。あとは、おさちが嫁ぐだけ」

絹代の向かいに座って大根の煮つけを頬張っていた周介が、にやにやと顔をゆるませる。

「寝小便を垂れていたおさちが、いよいよ人妻になるのか」

おさちはじろりと周介を睨んだ。

「いったい、いつの話をしているんですか。兄さんは、わたしが小さい頃よりも、もっと長く粗相をしていたと聞いていますからね」

「おっと、失言だったか」

周介は笑いながら、今度は鯵の塩焼きに箸をつける。

「今日は光二郎が来ていたんだってな」

ふと思い出したように、周介は続けた。

「あいつ、ずいぶん張り切って仕事をしているみたいだぞ。久しぶりに深川へ遊びにいこうと誘ったら、すげなく断られた」

孝右衛門が笑いながら手酌する。

「所帯を持つのだからしっかりしなければならんと、意気込んでいるのだろう。喜ばしいことじゃないか。若いうちに身を固めるのもいいものだぞ、周介」

「おとっつぁんも、若いうちにおっかさんと所帯を持ったんでしたねえ」

周介はゆるりと頭を振った。

「だけど、わたしはまだいいですよ。もうしばらくの間は、辰巳芸者の姐さんたちに可愛がられていたい」

孝右衛門は呆れ顔になる。

「情けない物言いをするな。男の甲斐性を見せるのであれば、もっとだな——」

絹代がこほんと咳払いをして、孝右衛門をさえぎった。

「あなた方、嫁入りを控えた娘の前で何をおっしゃっているんですか」

男二人は肩をすくめて黙り込む。

「まったく、もう」

絹代は眉をひそめながら、おさちに向き直った。

「いいですか、男の手綱をしっかり握るのが女の役目ですからね。光二郎さんだけは大丈夫だと、油断していてはなりません。最初が肝心ですよ」

絹代がおさちを見ている隙に、孝右衛門と周介は互いに罪をなすりつけ合うような視線を交わしていた。

おさちは笑う。絹代も笑った。孝右衛門と周介の顔にも、笑みが広がっていく。

なごやかな家族の時が流れた。

「あの、実はわたし、気になっていることがあって……」

おさちは光二郎に話したことを、もう一度ここで語った。

孝右衛門は酒を飲みながら、絹代と周介は茶を飲みながら、それぞれ黙って耳を傾けてくれる。

途中で何度か言葉に詰まりながらも、おさちが胸の中に抱えていた気がかりをすべて吐き出すと、孝右衛門は静かに杯を置いた。

「確かに、おさちとおとわさんはよく似ているね。目元なんか、そっくりだ」

孝右衛門の言葉に、絹代と周介がそろってうなずく。

「おとわさんが店の暖簾（のれん）をくぐってきた時、わたしもすぐに気づいたよ」

周介の言葉に、おさちは驚いた。

「おとっつぁんを見たら、唖然（あぜん）として身を強張らせていたし。おっかさんをそっと店に呼んだら、肩を震わせて泣き出してしまうし。どうしたらいいのかわからなくなって、困り果てたよ」

いつも通りに振る舞って様子を見なければなりませんと番頭にこっそり諭され、三人とも我に返ったのだという。

周介が苦笑した。

「おとっつぁんが、おとわさんのことを調べたんだ」

孝右衛門に顔を向けると、しみじみとした目でじっとおさちを見ていた。

「おとわさんは、つまみ細工職人の与吉さんと所帯を持っていてね。大川の向こうにある、中之郷八軒町で暮らしているんだ」

孝右衛門が調べたおとわの身の上と、おさちが聞いた話には、相違がなかった。

おとわは近所でも評判の親切者で、一人息子の平蔵と、与吉の弟子たちを、分け隔てなく可愛がっているという。

「平蔵さんは、与吉さんの連れ子でね。おとわさんは与吉さんと所帯を持つ前に、すぐそこの豊島町で暮らしていたんだ。その頃は、伊佐治さんという根付師のおかみさんで、娘と一緒に親子三人で暮らしていたらしい」

おさちは息を呑んだ。

「根付師……」

幼いおさちが握りしめていた、毬桜と兎の根付が頭の中によみがえる。

孝右衛門は深いため息をついた。

「十四年前の睦月（一月）に、大きな火事は三度あった」

七日に神田豊島町より出火した火事と、八日に浅草寺寺中法善院地内より出火した火事と、九日に下谷幡随院裏門前より出火した火事である。

「立て続けに起こった三度の火事は、いくつもの町を焦がした。どの火事も、夜が明ける前の出来事だったから、逃げ惑う人々は暗闇の中で混乱を極めたことだったろうよ」

絹代が痛ましげな表情で同意する。

「もし、小さな子供を抱えていたら……我が身に置き換えてみると、わたしだって、どうなっていたかわかりません。浅草で火事に遭った知人を見舞った時、我が家のほうまで火の手がおよばずによかったと、つくづく思いましたもの」

おさちは孝右衛門と絹代を交互に見た。

「では、おとわさんは、わたしが火事場ではぐれた母親だと……？」

孝右衛門が重々しくうなずいた。

「調べた話と照らし合わせれば、そう考えるしかあるまいよ」

孝右衛門は十四年前の光景を眺めるように宙を見つめながら、絹代や周介と話し合ったという推察を語った。

豊島町から出火した炎は、当時おさちたち親子三人が暮らしていた住まいを襲った。父親の伊佐治は炎に巻かれて死亡——母親のおとわは幼い娘を抱えて必死で逃げた。

「中之郷竹町に住んでいる親類を頼って、両国橋を渡ったんだ。おとわさんは与吉さんと一緒になる少し前まで、そこで世話になりながら、大川の近くにある一膳飯屋で働いていたそうだ」

両国橋を渡る直前まで一緒にいた娘とは、人波の中で揉みくちゃにされて転んだ時に、はぐれてしまった。おとわは泣き叫びながら娘の名を呼び、死に物狂いで捜そうとしたが、川を越えて逃げようと橋に押し寄せた人々に押され、娘のもとへは辿り着けなかった。

大きく乱れた髪で、焼け焦げた着物をまとい、ぼろ雑巾のような姿で親類の家に現れたおとわは「おさち、おさち」と娘の名をくり返していたという。

おさちは唇を震わせた。口の中で、がちがちと歯がぶつかり合う。

隣の絹代がこらえきれなくなったように「うう」と声を漏らして、顔を両手で覆った。

「あんなに懸命に捜したのに、今になって現れるだなんて……神さまの気まぐれとしか思えないわ」

絹代の涙声をさえぎるように、孝右衛門が淡々と続ける。

「豊島町を出たおとわさんは、両国の西広小路をまっすぐに進んで両国橋を渡ろうとしていた。だが、その手前ではぐれたおさちはおそらく、左へ曲がって浅草橋を渡る人波に呑み込まれてしまったのだろうね」

このふたつの橋は非常に近い。幼かったおさちは人の流れに連れ去られ、あっという間に神田川を越えてしまったのだろう。我先に逃げる大人たちに踏まれることなく、無傷のまま助かったのは、運がよかったとしか言いようがない。

「不運だったのは、翌日にまた浅草で火事が起こったことだ。浅草の方角に向かってしまったおさちは、また火事場の混乱に遭遇してしまったんだろうね」

親切な人々の助けも得ただろう、おさちは浅草で焼け出された人々とともにお救い小屋へ辿り着いたのだ。

「おとわさんは炎が収まった火事場へ戻って、何日も何日も、おさちを捜したそうだよ。けれど下谷幡随院のほうで起こった三度目の火事も、浅草の福富町(ふくとみちょう)のほうまで広がっていてね」

さまざまな町の、さまざまな者たちを不幸に陥れた火事場の跡に、おとわはおさちの姿を見つけ出せなかった。そして月日が経ち、あきらめて、新しい暮らしを始めた。

四

孝右衛門はおもむろに手酌すると、おさちの実父に献杯するように杯を掲げた。

「どんなつもりでうちへ通ってくるのかと、最初は怪しんだ」

孝右衛門は懺悔（ざんげ）するような表情で目を伏せた。

「行方知れずになっていた娘を返せと迫ってくるのか、それとも嫁ぎ先の澄野屋さんへ押しかけて姑（しゅうとめ）面をし、金銭をせびるつもりなのか——今は暮らしに困っていないようだが、何らかの意図があって、わたしたちの十四年間を壊しにきたのかと思ったよ」

絹代と周介が神妙な顔でうなずく。

「だけど、おとわさんは何も言ってこない。おさちの前に名乗り出るつもりはまったくないようだ」

孝右衛門の言葉に、絹代と周介はまたうなずいた。

おさちは胸の前で両手を握り合わせる。

「でも、それじゃ、どうしてあの人は通い続けてくるんです？」

孝右衛門がおさちを見て微笑んだ。

「失った、母娘の時を取り戻そうとしているんじゃないだろうか」

周介が同意する。

「わたしもよく気をつけて様子を見ていましたが、まず間違いないでしょうね。おとわさんはいつも若々しい品に目を留めていましたが、あれはすべて、おさちに似合いそうな品でしたね」

おさちは絶句する。

――この紅、お嬢さんに似合いますね――。

そう言って、おさちの顔の近くに貝殻を寄せたおとわは胸の内で、本来であれば自分の手で育て上げていたであろう娘のための小物を見繕っていたのか。

「うっ、うう……」

絹代が声を上げて泣き出した。

「自分が産んだ娘を亡くしたわたしは、おさちと母娘の時を過ごせたのに。自分が産んだ娘が生きていたと知ったおとわさんが、おさちの前で客を装い続けるだなんて――」

絹代は涙に濡れた顔を上げて、おさちを見た。

「おとわさんに申し訳ないという気持ちもあるけれど、おまえはもうわたしたちの娘でもあるのです。それだけは絶対に譲れない」

「おっかさん……」

おさちの胸に熱い痛みが込み上げた。両目から、どっと涙が溢れてくる。

「わたしも絹代も、本当は、おとわさんのことは話すまいと思っていたんだ」

孝右衛門が複雑そうな表情で目を細めた。

「だが、おさちが苦しんでいるようだと、光二郎さんからも告げられてね。おまえのほうから話が出た時には、こちらも正直に伝えねばなるまいと、半分は覚悟していたんだよ」

「だけど、まあ、母親が二人いるということは、必ずしも悲しむべきことではないでしょう」

周介の朗らかな声が響いた。

「どうせあと数日で、おさちは嫁いでいくんです。どちらかの親を選んで、一方とだけ暮らせという話ではないんですから」

孝右衛門がうなずいた。

「そうだな。おさちは光二郎さんの妻になるんだからな」

絹代が涙を拭って微笑む。

「あんなに幼かったおさちが、新たな人生へと旅立っていくんですね」

絹代の眼差しには、ただひたすらに娘の幸せを願う母の温(ぬく)もりがこもっていた。


いよいよ嫁ぐ前日も、おとわは高倉屋へやってきた。

手代に呼ばれ、おさちが店に顔を出すと、おとわは風呂敷包みを胸に抱いて土間に立っていた。

「いらっしゃいませ。どうぞ奥へお上がりください」

だが、おとわは微笑むばかりで動かない。

「実は、わたし、明日嫁ぐんです。だから、お買い物のお手伝いができるのは、今日が最後で――」

「そうなんですってねえ」

すべて知っているような顔で、おとわは目を細めた。

「今日は、お嬢さんにこれを受け取っていただきたいと思いましてね」

風呂敷包みを上がり口に置くと、おとわは結び目をほどいた。

中から出てきたのは、桜の花のつまみ細工である。満開の枝を一本手折ってきたような、見事な作りであった。

「まあ、綺麗……」

おさちはおとわが手にした花を見つめた。

「夢見草ですよ」

桜の異名である。

おとわは桜の花のつまみ細工を、おさちに向かって差し出した。

「親切にしてくださったお嬢さんのお幸せを願って、亭主と倅に教えてもらいながら、あたしが作ったんです。ほんのお祝いの気持ちです」

おさちは桜の花に手を伸ばした。おとわが嬉しそうに目を細める。

「お嬢さん、その名の通り、きっと多くの幸(さち)に恵まれますよ」

そう祈りながら名づけたんですから——つぐんだおとわの口から、そんな声が聞こえてきそうだった。

「それじゃ、お元気で」

上がり口から風呂敷を取ると、おとわはさっと踵(きびす)を返した。

「あ……」

呼び止めようとした言葉は声にならず、おさちは桜の花のつまみ細工を握りしめたまま店の上がり口にただ立ちつくしていた。

十四年もの歳月が大きな川となって、おさちとおとわを隔てているようだった。

おとわから贈られた桜の花のつまみ細工を手にして、おさちは嫁入り道具の前に立った。

衣桁(いこう)にかけられた白無垢、四季の着物が入った長持、夜具、蚊帳、鏡立て、鉄漿(おはぐろ)道具、角盥(つのだらい)など――。

明日の婚礼に先駆けて、これから花嫁道具を婚家に届ける「荷送り」が行われる。婚家に着いた道具は「道具飾り」の儀で親類縁者や近所の者たちに披露されるのである。

おさちは明日の夜、魔よけでもある提灯の火明りに照らされる中を駕籠(かご)に乗って進み、光二郎のもとへ嫁ぐ手はずとなっていた。

おさちはつまみ細工の桜の枝を握りしめる。

この花を、おとわはどんな思いで作ったのだろうか。本来であれば、親としておさちの嫁入り支度を整えていたであろうにと思いながら、ひとつずつ丁寧に心を込めて、布を花の形に仕立て上げていったのだろうか。

名乗らぬつもりの娘への、最初で最後の贈り物――。

おさちは白無垢を見つめた。

十四年前の火事がなければ、おさちが嫁ぐ前に感謝の挨拶を述べる相手は、おとわと伊佐治だったのだろうかという思いが込み上げてくる。

「おさち」

そっと襖を開けて、絹代が座敷に入ってきた。おさちと白無垢を交互に見やると、感慨深げに目を細める。

「きっと江戸一番の花嫁になるわね」

おさちは笑った。

「おっかさんったら、親馬鹿ね」

絹代は大真面目な顔でうなずいた。

「誰だって、我が子が一番可愛いに決まっています」

絹代はおさちの隣に並んで白無垢をじっと見つめた。

「……おとわさんも、おまえの花嫁姿を見たいでしょうね」

絹代はおさちに向き直り、微笑んだ。

「おまえも、見ていただきたいでしょう？」

「でも……」

絹代はうなずいた。

「きっと、おとわさんは遠慮するでしょうね。だけど、おまえの晴れの日は、誰の心にも一点の曇りもない、素晴らしい日にしたいの」

襖の向こうに、すっと周介が現れた。

「おっかさん、みんなそろいましたよ」

絹代がおさちの手を取る。

「嫁入り行列の相談をしましょう」

絹代に手を引かれて居間へ入ると、孝右衛門と光二郎、それに見知らぬ男が座っていた。

「つまみ細工職人の平蔵さんだよ」

おさちは思わず男を凝視する。

「それじゃ、おとわさんの――」

男はうなずいた。

「つい先ほど、光二郎さんが訪ねてきてくださいまして、うちのおっかさんには内緒で抜け出してまいりました」

　これはいったいどういうことだと、おさちは光二郎に目で問う。

「花嫁行列の道筋を変えたいと、高倉屋のご両親から申し出があってな。急なことだが、夜に浅草橋を渡ってまっすぐ花川戸まで来るはずだったところ、昼間に両国橋を渡って大川沿いの道を進み、ゆっくりと桜並木を眺めてから、吾妻橋を渡ってきてもらおうと思っているんだ」

　このところ一気に暖かくなり、桜も見頃を迎えているのでちょうどいいと、光二郎は笑った。

　おさちは一同の顔を見回す。みな、すべて承知している顔つきだ。

「うちのおっかさんにも、おさちさんの花嫁姿を見せてくださるなんて、本当にありがてえ」

　平蔵がおさちを見ながら口を開いた。

「おっかさんは、おさちさんを忘れたことなんて一度もありませんでしたよ」

　十四年前、大川の近くを通りかかった平蔵と父親の与吉は、春といえどまだ冷たい川の中へ足を踏み入れた女を見つけたという。

「火事で亭主と娘をいっぺんに亡くしたと思い込んでいたおっかさんは、この世のすべてに絶望して、死のうとしていたんです」

力ずくで川から引っ張り上げたおとわを、二人はとりあえず自宅へ連れ帰った。平蔵の母親も亡くなっており、男所帯だった家では掃除も洗濯もずさんで、家事を引き受けてくれる女手を口入屋に頼んでいたところだったという。

「生き甲斐を失ったおっかさんに無理やり家事を頼んで、何とかこの世に繋ぎ止めたんです」

その時、平蔵はまだ十一だった。育ち盛りの子供や弟子たちのために食事を作り、ともに食べ、家事をこなしているうちに、おとわは少しずつ生きる気力を取り戻していった。

「いつしか、おとっつぁんとわりない仲になって、おれのおっかさんになってくれてから、気づいたんです。うちの神棚に手を合わせ、裏のお稲荷さんを拝んだあと、おっかさんは必ず、ある方角へ向かって手を合わせていました」

それは神田豊島町の方角だと平蔵に教えたのは、与吉だった。与吉はおとわの過去をすべて承知した上で、一緒になろうと告げたのだ。

「根付も、火事も、おっかさんの気持ちも全部、高倉屋さんのご推察通りです」

神田明神から帰ったあと、おとわは震える声で「おさちが生きていた」と語っていた。

「名乗り出たらどうだと、おれは言ったんです。だけど、おっかさんは首を横に振るばかりで……」

おさちは今、高倉屋で幸せに暮らしている。それで、じゅうぶんだ。そう思っていたはずなのに、欲が出て、買い物を口実に何度も会いにいってしまうと、おとわは泣きながら語ったという。

「高倉屋さんで買った兎の簪も、恩人のお嬢さんへの贈り物だなんて言ったそうですが、本当は、おさちさんが持っていた根付の兎に似ていると思って買ってしまったそうですよ」

おさちは目を閉じた。まぶたの裏で、根付の兎と簪の兎が重なり合う。

「明日、花嫁行列が桜並木の下で止まる時に合わせて、おっかさんを連れていきます」

平蔵が祈るような目でおさちを見た。

「ほんのひと目だけでいい――どうか駕籠の戸を開けて、おさちさんの花嫁姿をおっかさんに見せてやっておくんなさい」

おさちは平蔵の目を見てうなずいた。力強く澄んだ平蔵の瞳は、おとわも今、家族に大事にされながら幸せに生きているのだと雄弁に語っていた。

翌日、晴れ渡った青空の下を花嫁行列は進んだ。白無垢をまとい、綿帽子をかぶったおさちは駕籠に揺られながら、婚家のある花川戸を目指す。

その途中、桜並木の下で駕籠が止まると、おさちは外へ出た。つまみ細工の桜の花と、その枝に結びつけた根付をしっかと握りしめて——。

墨田堤をそぞろ歩く人々の視線が、おさちに集まる。その中に、おとわの眼差しがないか、おさちは探した。

少し離れたところに、平蔵と与吉らしき男に付き添われたおとわの姿があった。平蔵にそっと背中を押されて、おとわが歩み寄ってくる。

「花見にいこうと、倅に誘われましてね。まさか、お嬢さんの花嫁行列がここを通るなんて……」

涙声をごまかすように、おとわは桜の木を仰いだ。おさちも真横に並んで、ともに頭上を眺める。

青空を隠す勢いで、無数の毬桜が咲き誇っていた。淡く、優しく、凛とした花々を見つめていると、誰かの美しい夢の中に迷い込んでしまったような心地になってくる。

今この時だけ、この場にいるのがおさちとおとわの二人きりだという錯覚に陥った。

おさちは手にしていたつまみ細工の桜の花を、おとわに向かって掲げた。これを心の支えにして、懸命に生きていきます。

「あなたが作ってくれたこの花は、わたしの大事なお守りになりました。本当に、ありがとうございました」

おっかさん──。

声に出して呼ばぬ分、胸の内で大きく叫んだ。おとわは涙をこらえるように、ぎゅっと目を閉じる。

おさちとおとわは立ち並び、しばし無言で桜を見上げていた。

やがて出立の時がきて、おさちは再び駕籠に乗り込む。

駕籠に揺られながら、おさちは根付のついたつまみ細工の桜の枝を膝の上で握りしめていた。

ふと、枝先に本物の花びらがちょこんと載っていることに気づく。いつの間に、舞い降りてきたのだろうか。

夢のように幸せな時がいつまでも続くよう祈りながら、おさちは桜の花びらが落ちぬよう、そっと両手の平で包み込んだ。

つづら折り

志川節子

志川節子（しがわ・せつこ）

一九七一年島根県生まれ。二〇〇三年に「七転び」でオール讀物新人賞を受賞しデビュー。一三年『春はそこまで　風待ち小路の人々』が直木賞候補。著書に『手のひら、ひらひら　江戸吉原七色彩』『芽吹長屋仕合せ帖　ご縁の糸』『芽吹長屋仕合せ帖　日照雨』『芽吹長屋仕合せ帖　日日是好日』『花鳥茶屋せせらぎ』『煌』『かんばん娘　居酒屋ともえ繁盛記』『博覧男爵』など。

一

秋のさらりとした陽射しの下、浜町堀に沿って歩くおけいの足取りは軽やかだった。

──おけい、おいらと夫婦になってもらえねえか。

今しがたまで目の前にいた柾太郎の声がよみがえり、耳の後ろがぽっと熱くなる。

村松町の角を折れると、仕舞屋風の小ぢんまりした二階家が見えてきた。

「ただいま戻りました」

格子戸を引き開けたおけいは、口から出た声が二十二の年増女にしては弾みすぎていた気がして、ひょいと首をすくめた。

板間には誰もいないが、障子に隔てられた奥の仕事場で人の声がしている。

「だからさ、お前さんのは藍の染まり具合が甘いといってるんだよ。この線がぴしっと決まらないから、意匠ぜんたいがぼんやりしちまうんだ」

「おもんさん、そうおっしゃいますがね。あっしも型付けされた通りに染めてるんでさ。ぴしっと決まらないのは、型紙の線そのものが歪んでるんじゃねえですかい」

声の主は、母おもんと、紺屋「染源」の源五郎であった。

「へえ、あたしの彫った型紙にけちをつけるのかい。型付けされた通りに染めたというが、だったら、染源に雇われてる型付け職人の腕がまずいんじゃないのかね」

「そいつはありません。この目できちんとたしかめました」

「もういっぺん染めて、出直してきておくれ」

「何べん染め直したって、おんなじですよ」

しばらく短いやりとりが続くが、おけいには聞き取れない。

「ちぇっ。手前の腕がにぶったのを棚に上げて、人のせいにしやがって。だいいち、意匠だって古臭くなってるのによ」

くぐもって聞こえていた声が急に近くなった、と思ったら障子が開いた。

「お、おけいさん……、いつからそこに」

印半纏（しるしばんてん）に紺の腹掛け、股引（ももひ）き姿の源五郎が口を開けている。低く毒づいたくだりはおもんの耳に届いていないはずだが、障子の先におけいがいるとは思いもしなかったのだろう。

「たったいま、買い物から帰ってきたところです。いつもお世話になっております」

何も聞かなかったふりをして腰をかがめると、源五郎はそそくさと土間へ下り、戸口を出ていった。

「お帰り。だいぶ遅かったじゃないか」

板間へ出てきたおもんが、一重の目をじろりと向けてきた。

「画帳を買ったお店で、お茶を出してくだすったの。それはそうと、おっ母さん、つる吉姐さんもいよいよ引退かれることになったんですか」

框を上がったおけいは、板間に出しっぱなしになっている紙を拾った。

「そうなんだよ。お前が出掛けたあと、つる吉さんがここに見えてね。芸者を辞めて、置屋の女将さんにおさまるんだって」

「ふうん。先月は、しん多姐さんが引退きなすったばかりだし、寂しくなりますね」

「お得意さんが次々と引退いて、商売上がったりだよ。誂えのお客が減ったぶんを出来合いの仕事で穴埋めしないといけないってのに、あの源五郎が思う通りに染めてくれないし……。あたしの型紙に文句をいうのは、先代の親父さんくらい染められるようになってからにしてもらいたいもんだ。おけい、お前もだよ」

「は、わたし？」

にわかに話の穂先を向けられ、おけいは面食らった。

「お前の彫りだってまだまだなんだから、よそでお茶なんか飲んでる暇があったら、さっさと帰ってきて仕事をおし」

た。

「まったく、つまらないことで時を食っちまった。夕方までに、もう一仕事しておかないと……。この頃は少しでも暗くなってくると、目がかすんじまって」

そういって体の向きを変えようとしたおもんが、いくぶんよろけて柱に手をつかえた。

「おっ母さん、大丈夫ですか」

「ちょいとめまいが……。平気だよ。源五郎とやり合って、頭に血がのぼったんだ」

柱から手を離すと背筋を伸ばし、何事もなかったように仕事場へ入っていった。

おもんとおけいの母娘(ははこ)は、藍染め手拭いに用いる型紙の下絵描きと型彫りで生計を立てている。四十一になるおもんはこの道三十年の熟練で、おけいも物心がつく頃から母のもとで修業を積んできた。三年ほど前からは、自分で彫った型紙を染源に納めている。

父とは、生まれてこのかた同じ屋根の下で暮らした覚えがない。おもんがまだ見習い修業をしていた十八の時分、出入り先であった太物屋(ふとものや)の若旦那と思いを通わせ、やがて生まれたのがおけいだった。若旦那には親同士の取り決めた許嫁(いいなずけ)がいたのだが、おもんは何から何まで承知で赤子を産んだのである。

「す、すみません」

板間に残されたおけいは、手にした紙に目を落とした。芸者稼業から身を引くつる吉がこれまで世話になった人々への配り物にする、手拭いの下絵だった。両翼を広げた鶴の図柄が、およそ二寸四方の大きさに描いてある。細い筆の線が、羽根の一枚一枚まで鮮やかに浮かび上がらせていた。下絵に描かれているのは一羽きりだが、手拭いが仕上がった折には何百羽という鶴で生地が埋め尽くされ、片隅につる吉の名が入る。

絶妙にあしらわれた文様を、小紋に匹敵するほどの緻密さで彫り上げるのが、おもんの型紙の真骨頂であった。その細やかさといったら、おけいなどは母の足元にも及ばない。

型紙の寸法は、意匠によっても差はあるが、縦が約八寸、横が約十三寸ほど。これを長さ約三間半の一枚板へぴっちりと板張りされた晒木綿（さらし）の生地に載せ、型抜きされた部分に糊を置いて型付けする。糊を置いた箇所には藍が染み込まないので、白く残って文様になるという具合だ。

型紙一枚分の型付けがすむとその型紙をはがし、次に移動させて糊を置き、また移動させては糊を置くということを繰り返す。そうして一反分の型付けが終わると、生地を乾かして下染め、本染めと進んでいく。

おもんと源五郎の会話から推測するに、源五郎が染めてきた文様に線の歪みが見られ、おもんが不服を唱えて染め直しを求めたようだ。

母のいい分はさておき、源五郎がしまいに吐き捨てた言葉が、おけいの心に引っ掛かった。たしかに、このごろのおもんは型紙一枚を仕上げるのに前より時が掛かっているし、意匠のほうも古臭いとまではいわないが、いつも似たような趣向で彫っていることは否めない。

表から帰ってきたときの浮き立っていた気持ちが、すっかりしぼんでいた。

わたしは彫りがまだまだだから、職人を辞めてお嫁にいきますと、いっそのこといえたらいいのに……。

おけいは小さく嘆息した。

二

元鳥越町（もととりごえまち）に住むおよしが訪ねてきたのは、五日後のことだった。およしはおもんよりも六つ下の妹で、おけいにとっては叔母にあたる。

「姉さん、おいでですか」

土間から声が掛かったとき、おもんとおけいは仕事場で机に向かっていた。おもんが黙々と手を動かしているので、おけいは握っていた小刀を置き、腰を上げて板間へ出ていった。

「叔母さん、おいでなさい。あいにくですが、おっ母さんは手が離せなくて……」

「それじゃ、このまま話しますよ」

意に介するふうもなく、およしが框に尻を載せ、上体を仕事場のほうへひねった。

「こんど、わたしたち夫婦とおっ義母さんとで、箱根に行こうと思ってるんです。おっ義母さんがこれまで旅らしい旅をしたことがないといいなさるもんだから、江の島詣でと、ついでに箱根の湯にも入ってこようって話になって……。それで、姉さんも行きませんか」

「そりゃどういうことだい」

おもんの声が返ってくる。

おけいは板間に置かれた長火鉢に沸いている湯で、およしに茶を淹れた。母と叔母は、いつもこんな調子なのだ。荒物屋を営む徳造に嫁いだおよしは、実家を訪れても仕事場に寄りつこうとはしない。

「道中、せっかくなら賑やかなほうがいいし、姉さんだったらわたしも気兼ねがないだろうから誘ってみろって、うちの人がいってくれたんですよ」

「すまないけど、よしておく。徳造さんにも、そう伝えておくれ」

茶をすすったおよしが顔をしかめた。

「どうしてよ。姉さんにしたって、江戸から出たことがないじゃないの」

「型彫りが忙しくて、物見遊山をしている余裕はないんだ。年寄りを連れて箱根の湯に入ってくるとなると、どう見積もっても十日は掛かるだろう。だいたい、そっちだって荒物屋の商いはどうするんだ。倅は、まだ半人前なのに」

「もう十九になったんだもの、店番くらい務まりますよ」

「とにかく、あたしは行かない。あんたらみたいな暇人とは違うんだ」

「まあ、なんていいぐさなのかしら。近ごろは指先がこわばって力が入らないときがあるって、このあいだいってたでしょう。箱根の湯に入れば幾らか癒くなるんじゃないかと、気を遣ってあげてるのに……。おけい、おっ母さんがあんな臍曲がりじゃ、お前も気骨が折れるだろうね。おや、ちょいと手を見せてごらん」

およしが湯呑みを下に置き、少しばかり尻をずらす。

「こうですか」

おけいが両の手のひらを上に向けて出すと、およしは眉をひそめ、左右からそっと手で包み込んだ。

「いつのまにか、こんなになっちまって……」

おけいの右手は、小刀の柄が当たる親指の腹にタコができている。左手も、人差し指の爪を刃先に添わせて彫るので、爪が擦り減って薄くなっていた。

およしの声には姪を憐れむ響きが溶け込んでいたが、おけいはどう応じてよいかわからずに黙っていた。

「おけい、叔母さんが嫁にいったのは、娘時分にこういう手になりたくなかったゆえなんだよ。お前も、いまならぎりぎり間に合う。叔母さんがいい人を見つけてあげようか」

「余計なお世話だよッ」

おけいが応える代わりに、仕事場から声が飛んできた。

「だって、世話を焼きたくもなりますよ。姉さんは娘に自分の二の舞を演じてほしくなくて、悪い虫がつかないように守ってきたんでしょうけど、おけいは娘盛りを過ぎてるんですよ。このままだと薹（とう）が立って、どこからも貰い手がつかなくなっちまう」

あんまりあけすけにいわれて、おけいはどうにもいたたまれなくなった。

「叔母さん、お気遣い恐れ入ります。だけど、わたしがお嫁にいったら、おっ母さんの技を受け継ぐ人がいなくなりますし……」

「そんなの、構うことはないよ。この家が型彫りを辞めたって、技そのものが途絶えるわけじゃないんだし。お前の死んだ祖父さんも、おなごにはおなごの仕合せがあるんだから、無理に家業を継ぐことはないと、常々口にしていたんだ」

「そうはいっても……」

母からお前の腕はまだまだだといわれたときは型彫り職人を辞めようかと思ったのに、叔母に辞めてもいいといわれてみると、なぜか素直に従う気持ちにはなれなかった。

「ふん、家を出ていった者に、いまさら口出しされたくないね。あたしはおけいが自分の後を継いでも継がなくても構わない。だが、型彫りの下地だけはこしらえてやるのが親の務めと、娘に技を仕込んだんだ。一回で要領を摑めるあたしと違って、おけいは十回くり返さないと飲み込めない。そんなわけで、どうにかものになるのが、いくぶん遅くなったが……。それでも、この仕事を続けていくかどうかは、おけい自身で決めるものだ」

そもそも、型染めに用いる型紙の本場は、伊勢である。紀州藩の庇護を受けた伊勢型紙は一種の専売のような品で、産地において型紙に携わる職人たちは、めいめいの技を門外不出としてこんにちまで守り伝えている。

それが何ゆえ江戸にいるおけいたちによって彫られているのかというと、話は祖父の代まで遡る。伊勢の白子（しろこ）で型彫り職人をしていた祖父は、二十半ばのあるとき、白子と江戸を行き来する型紙商人に付き従って江戸へ出てきた。というのも、産地の型彫り職人は、自分の彫った型紙が江戸でどのように染められたのかを知ることができない。それを己の目で見てみたいと思うのも、無理はないだろう。

江戸に着いた祖父は、市中にある型紙屋や紺屋を見てまわるうち、どうしてもこの地で自分の腕を試してみたくなった。その後、いくらか入り組んだ手続きを踏んで、ついに村松町に工房を構えたのである。

「それじゃ姉さん、これでおいとましますけど、気が変わったら声を掛けてくださいな。山の紅葉がきれいになる頃に、こっちを発（た）つつもりですから」

そういって、およしは自分の家に帰っていった。

空になった湯呑みを盆に載せ、立ち上がったおけいの目が、ふと壁際の棚に吸い寄せられた。一反の反物と型紙が、無造作に押し込まれている。

棚の少し空いたところに盆を置き、反物と型紙を手に取った。型紙には、極めて小さな梅の花と松葉がちりばめられている。反物のほうは、それを染めたものだった。

濃紺の地に文様の白がくっきりと映え、藍がぷんと香ってくる。が、目をよく凝らすと、松葉の一部がわずかによじれ、本来ならば感じられるであろう張りや弾力が失われていた。

型紙と反物を並べて見比べると、彫られた線の歪みがそのまま染めにあらわれているのが、一目瞭然であった。

どうやら、源五郎は先だって持参していなかった型紙を携え、あらためて染め直しを断りにきたようだ。染めに用いられた型紙が、型彫り職人の手許(てもと)に戻ってくることは、ふつうはまずない。

これを見て、おっ母さんはどう思ったんだろう。

おけいの胸がざわざわしたとき、仕事場で声がした。

「湯呑みを流しへ下げるのに、いつまで掛かってるんだい」

おけいは型紙と反物を慌てて棚に戻し、盆を抱えた。

三

「え、おっ母さんに、まだおいらの話をしていないって」

利休鼠の着物に黒紋付の羽織を重ねた柾太郎が、二度ばかり目瞬きした。

西両国の広小路にある甘味屋だ。入れ込み土間の奥に設けられた小上がりで、おけいは柾太郎と向かい合っている。

「いろいろと考えていたら、頭がごちゃごちゃになって……」

「咄家のかみさんなんぞになって食っていけるのかと、心許ないのかい」

「そうじゃないわ。柾さんは一本立ちを許された、立派なお師匠さんだもの」

「とすると、あれか。飲む打つ買うが、のべつ付いて回るのが気に食わねえとか」

「芸の肥やしにするために遊ぶんだと、柾さんと恋仲になったときから肚を括ってます」

二十七になる柾太郎は、三年前に真打へのぼった咄家で、柳家蝶之助を名乗っている。真打になった折、周囲への配り物にする手拭いを染源で誂えたところ、型紙を彫ったのがおけいだった。群れになって高く舞い上がる蝶の意匠を柾太郎がことのほか喜んだのを見て、源五郎がふたりを引き合わせてくれた。それがきっかけとなり、おけいが柾太郎の高座を聞きに寄席へ通うようになったのだが、ふたりが恋仲であることは、おもんはむろん、源五郎にも知られていない。

「蝶之助兄さん、お先に失礼いたします」

入れ込みにいた若い男が席を立ち、柾太郎に向かって軽く辞儀をした。

「ああ、お疲れさん。また後ほど」

柾太郎が手を掲げると、男はおけいにも目礼を送り、表へ出ていった。

この甘味屋は、柾太郎たち柳家一門に連なる若手の行きつけで、昼席と夜席のあいだに立ち寄る兄弟弟子も少なくない。うどんや雑炊も出していて、柾太郎の膳には磯辺餅が載っている。夜席の前に何か腹に入れておきたいが、まともに食事をしたのでは自分の出番がまわってくるまでに眠くなってしまう。磯辺餅くらいがちょうどよいのだそうだ。

半月ほど前、夫婦になってくれとおけいが申し入れられたのも、まさにこの席だった。柾太郎は、湯島にある扇屋の惣領息子に生まれついたが、咄家になるという子供時分からの想いを捨てきれず、十七のとき親に勘当されて家を追い出され、師匠宅に住み込んで修業を始めた。真打になったのちも、引っ越しするのが面倒で師匠宅に住まわせてもらっていたのだが、こんど師匠が新たな弟子を取るといよいよ寝床が塞がるので、どこかに家を借りて名実ともに一本立ちする運びとなった。それを機に、妻帯する気になったという。

「先にも話した通り、型彫りの職は手放さなくていいのだよ。おいらとて、扇子一本と手拭い、舌三寸でもって先々まで女房子供を食わしていく了簡だが、女房にも稼ぎがあればこれほど心強いものはねえ。炊事や洗濯は下女に任せ、おけいは家の一間を仕事場にして型紙を彫ってくれたら、それで」

「駄目よ、片手間にできるものじゃないんだから。型紙とひと口にいってもね、本当に細かな文様は途中で狂いが生じないように、一気呵成に彫り上げるの。一日じゅう手を休めず、息をするのも忘れるほど。そうでないと、いいものは彫れない。いってみれば、型紙を彫り始めたら柾さんのことが頭から失くなるくらいじゃないと、一人前の型彫り職人は務まらないのよ。下女を雇ったとしても、咄家の女房と二足の草鞋を履けるとは、とうてい思えないわ。柾さんがいずれお弟子さんを取るようにでもなれば、なおさら」

「いいたいことはわからなくもないが、そう難しく考えなくてもいいんじゃねえかな」

「おっ母さんみたいな職人になるのをずっと目指してきたから、生半可ではいけないと、余計にそう思うのかもしれない。だいぶ昔の話になるけど、おっ母さんの手掛けた手拭いが当たりを取ったときは、それはすごかったのよ。わたしがほんの子供の頃で……」

かれこれ十七年も前になる。おもんはそのとき、西両国の見世物小屋に出ている娘太夫が贔屓筋に配るという手拭いの型紙づくりに携わった。初音太夫の名にちなみ、ごく小さな鶯を生地にびっしりと配したところ、意匠の新しさと染め上がった鶯の美しさが人から人へ伝わり、太夫の贔屓筋でなくても手に入れたいと、大勢が紺屋に押しかけたのである。

紺屋から型紙を追加で彫ってくれと注文が入り、寝る間も惜しんで仕事机に向かっていた母の姿を、おけいはいまでも憶えている。総身から漂うすさまじい気迫に、子供ながらに圧倒された。初音太夫はそれからまもなく舞台から身を引いたそうだが、斬新な意匠と繊細な彫りで一躍名を馳せたおもんには、ひっきりなしに仕事の口が掛かるようになった。

「わたしにとっておっ母さんは、師匠よりももっと上の、型彫りの神様みたいな存在なの。手先の不器用なわたしがどんなに修業を積んだところで、あんなに細かく彫れるようにはなれっこない。正直、柾さんから夫婦になってほしいといわれたときは、これで型彫りの道に踏ん切りをつけることができると、なんだかほっとした。だけど、わたしが曲がりなりにも型彫り職人の末席に連なっていられるのは、おっ母さんが技を仕込んでくれたおかげなのよね。それを放り出すのが、心苦しい気もするの」

「ふむ、おいらのことをいい出せないのは、そういうわけか」

　柾太郎が腕を組んだ。

「しかし、おっ母さんの技にそこまでこだわらなくともよさそうなものだが……。咄家にしても、師匠のやり方をそっくりなぞってばかりいたんじゃ芸がねえ。おけいの彫る型紙にはおけいならではの、なんともいえねえ味がある。そのへんを突き詰めていったらどうだい」

「柾さんにそういってもらえるのはありがたいけど……。このごろは、また別に思うところもあってね」

　おけいはわずかに思案し、言葉を継いだ。

「おっ母さんほどの職人でも、ずっと先頭を走っていられるわけではないと感じるような出来事が、つい何日か前にあったの。それを見たら、なんだか怖ろしくもなって」

「ふうん、そのあたりも咄家と通ずるものがあるかもしれねえな。人情咄にしろ落し咄にしろ、毎度同じように喋っていたんじゃお客に飽きられるし、芸も伸びねえ。先頭を走り続けるには、常に新しい趣向を取り込み、古くなったものを外へ出していくことが肝要なんだ。それには世の中の流行りを気に掛け、見世物や芝居を観てまわり、咄とはまるで関わりのなさそうなものをも広く見聞して、己の引き出しに入れておかねえとな。蛇が皮を脱いで大きくなっていくように、おいらも芸を太くしていきてえものだ」

「へえ、蛇ねえ」

そういうとらえ方もあるのかと、おけいは目を見開かされる思いがした。柾太郎と話していると、いつだって前を向く気持ちになれる。

「いずれにしても、おけいの頭ん中が、とっちらかってるのはわかったよ」

柾太郎が話を振り出しに戻した。

「ごめんなさい、正式な返事はしばらく待ってもらえませんか。もし、型彫りの仕事から離れるにしても、できるだけのことはしておきたいし……。さっきはああいったけど、型彫りがうまくいかないからと逃げ出すのはよくないと思うの。そんなことでは、柾さんの女房になったとしても、こんどは女房をきちんとまっとうできないような気がして」

「おけいは生真面目だなあ。まあ、そういうところに惚れたんだが……。いいさ、お前さんの得心がいくようにしておくれ。とはいえ、しまいにはきっとおいらの女房になってもらわねえと困るがね」

四

三日後、染源の源五郎が村松町に顔を出した。土間に立って話を切り出す。

「年始用の手拭いなんですが、いつものようにお願いできればと存じましてね」

例年、年始用の手拭いは前年の暮れに売り出されるのだが、染源ではそれに先がけ、得意客の注文を秋のうちから受け付けていた。幾つか見本を染め、好みのものを客に選んでもらう。紺屋としてはあらかじめ数の見通しが立つし、翌年の売れ筋も摑めるので、何かと都合がよいのだ。

「おや、今年もそんな時季かえ。このあいだ雑煮で新年を祝ったばかりの気がするのに……。いやだね、この齢になると時の過ぎるのが早くて」

板間でおけいと膝を並べたおもんが、応じながら眉間を指先で揉んだ。その日の仕事があらかた片付いて、夕餉の支度に掛かろうと母娘で話していた頃合いだった。

「どんな文様がいいでしょうね。染源さんのほうで、目星をつけている材はありますか」

おけいが訊ねると、源五郎が顎に手を当てた。

「そうだなあ、この二、三年は折り鶴や風ぐるまみたいな小物のたぐいが好まれたが、ここらでまた、花の文様に手が伸びるんじゃねえかと睨んでますがね」

「縁起のよい花というと、梅とか菊、南天、水仙あたりかしら」

「梅でいいじゃないか。いかにも初春にふさわしい感じがするし」

横からおもんが口を入れ、源五郎がうなずいた。

「おもんさんとおけいさんは梅の花を材にして、それぞれの意匠を彫るってことで頼めますか。十日ばかりしたら、受け取りに参りますんで……。ほかに、伊勢からも型紙が届く手筈になってまして、さしあたり十種類ほどの見本を染めることになろうかと」

おけいたちと話しながら、源五郎は棚に例の反物と型紙が突っ込んであるのに気がついたふうだったが、取り立ててそのことに触れようとはしなかった。

それから数日、おけいは画帳を前にして思案をめぐらせた。おもんがどのような意匠を彫るのかは、訊ねなくともおおよそ見当がつく。花びらの一枚一枚、雄しべ雌しべの一本一本まで見分けられるほどの精巧な梅の花で、生地いちめんを埋め尽くすに相違ない。

己の技量では、とても彫りこなすことはできない。彫れば彫っただけ技も上達すると母はいうが、それだけでは手の届かない領域があるのだ。

ならば、わたしはどうしたらいいのだろう。

おけいの彫る型紙にはおけいならではの味があると柾太郎はいったが、それはどういうものなのか。ああでもないこうでもないと頭をひねり、思い浮かんだ図柄を、片っ端から画帳に描いていく。

世の中の流行りに目を向けることも心掛けた。日ごろから、湯屋にいくとほかの客が使っている手拭いは気に掛けているが、着物や浴衣、帯、履き物までもよく観るようにした。

おけいは微細な図柄をあえて追わず、花一輪を思いきって拳ほどの大きさとし、単純な線と陰影であらわそうとした。花びらにはより丸みをもたせ、雄しべ雌しべも細かさを略してすっきりとかたどる。ぜんたいにふっくらとして、めりはりの効いた梅の花。型紙には、それを三輪ほど配してみた。手拭い一本につき、十二輪が染め出される寸法だ。

しかし、おけいが彫り上げた型紙を目にすると、おもんは当惑した表情を浮かべた。

「いつもとはずいぶん趣が違うんだね。お前、これを染源さんに納めるのかい」

「いちおう、そのつもりですけど……。その、このところは手毬とか鈴とか、ころんとした文様を大きめに配した意匠が、好まれているみたいで……」

我ながら、母の顔色をうかがうような口調になる。

「ふうん。お前なりに知恵を絞ったんだろうが、ここまで大柄にしなくても」

「あの、いけなかったでしょうか」

「細かく彫るのが家の芸とはいわないが、お前のこの意匠だと、あたしが仕込んでやった技の使いどころがないじゃないか。それに、余白が多すぎやしないかい。型紙がすかすかだ」

「おっ母さんは、小さな梅の花を散らすんですか」

おけいが話の向きをいくぶんずらすと、おもんは首を上下させた。

「それがあたしの十八番(おはこ)だからね。源五郎に型紙がどうのこうのといわせないためにも、非の打ちどころがないものを彫り上げないと。とはいえ、まだ二、三日は掛かりそうだ。このところは机に向かっても、一刻もすると手許の集中が途切れちまう。日によって体がだるかったり、頭が重かったりして……。前はこんなこと、なかったんだが」

日ごろから多少の不調は気力で乗り切るという母にしては、弱気な言葉だった。

「あまり根を詰めすぎないほうがよくありませんか。体の具合が思わしくないときは、少し休んだらどうです」

「お前、あたしを年寄り扱いする気かい」

おもんが声を尖らせた。

「そんな。わたしはただ、疲れているのに無理をしては、かえって体によくないんじゃないかと」

「ばかも休み休みおいい。型彫り職人ってのは一日でも小刀を握らないと、勘を取り戻すのに三日掛かるんだ。お前にも、そう仕込んだじゃないか。そんな甘えた了簡をしてるから、型紙もすかすかになるんだ」

吊(つ)り上がった眦(まなじり)を見て、おけいは口をつぐんだ。いたわりを示したつもりが、どこがどう食い違ったのか、母を不快な心持ちにさせたらしい。

近ごろのおもんはわけもなくかりかりして、だしぬけに突っ掛かってきたりする。これでは仕事についてはおろか、柾太郎のことも落ち着いて話せそうにない。

おもんがいうところのすかすかの型紙は、だがしかし、彫った当人のおけいですら予見しなかった成り行きを見たのである。

見本の手拭いが仕上がり、何組かの得意客に披露したといって源五郎が訪ねてきたのは、九月末であった。

「十種類のうちでもっとも人気があるのが、おけいさんの意匠なんですよ。手前も型紙を受け取ったとき、これまでにない新しさを感じたんだが、お客も目が高い。見本を並べたその場で、百本からの注文をくだすった方がいましてね」

「ひゃ、ひゃひゃ、百本も」

おけいは耳を疑った。

「須田町（すだちょう）にある小間物屋のご主人が、初売りで店にきた客へご祝儀として渡したいそうです。ぽってりした梅の花が可愛らしくもあり、大胆でもある。そこが気に入ったと、こう申しておられました」

「あ、ありがとう存じます」

とっさに頭が追いつかず、勘定するのに手間取った。一反から十二、三本分の手拭いがとれるとして、少なくとも九反は染めなくてはならない。

「まずはその型紙を、小間物屋の屋号を入れて彫ってください。このぶんだと追加の注文も入るだろうし、来月は染源の仕事ができるように、手を空けておいてもらえませんか」

「は、はあ」

何もかもが初めてで、どぎまぎする。

源五郎は、ほくほく顔だった。

「それにしてもおけいさん、ああいう意匠をよくぞ思いつきなすった。当節の流行りがしっかり押さえられていて、いかにも若い娘が好みそうな趣向だ。人気によっては、正月を過ぎたあとも一年を通して彫ってもらうことになるかと」

「染源さん、あたしの意匠の評判はどうですかえ」

そういって、おもんが板間へ出てきた。

「おもんさん……。さいですね、いまのところ、おもんさんの意匠には注文が入っておりませんで」

「そう……」

声にわずかな落胆がまじる。

「これから見本を持ってうかがう先もありますし、注文を受けましたら、あらためてうかがいますんで……。ま、そういうわけで、ひとつよろしく頼みまさ」

源五郎はさらりと話を切り上げ、おけいに向かって深々と頭を下げた。

表の格子戸が閉まると、母と娘は仕事場に戻った。

「おけい、お前の下絵を見せてもらえるかい」

「あ、はい」

おけいは画帳を広げて差し出した。

「ふうむ、これがねえ」

おもんがしげしげと下絵に見入る。

「このあいだも思ったが、梅の花が大雑把で、野暮ったく見える。やっぱり、ぜんたいにすかすかなのも気になるね。余白ってのは、手抜きも同然だ。己の技を存分に注ぎ込める場なのに、もったいないじゃないか」

ぶつぶついいながら首をひねっているおもんを前にして、おけいは源五郎からの注文を手放しで喜ぶ気持ちにはなれない。

「こういっちゃ悪いが、これのどこがいいのか、あたしにはさっぱりわから……」

ふいに、声が途切れた。

おもんが上体を前にかがめ、襟許(えりもと)を手で押さえている。

「おっ母さん、どうかしたの」

「む、胸が苦しい……」

五

少しのあいだじっとしているとおもんの胸の苦しさは消えたものの、念のためにおけいは翌日、町内に住む医者を呼んだ。

「先生、すみませんね。寝込んでもいないのに、おけいったら大げさなんですよ。ほら、あたしはこの通り、ぴんしゃんしてるんですから」

一階の茶の間で胸を反らしてみせるおもんに頓着するふうもなく、七十がらみの医者はひと通りの診察をすませた。

「おもんさん、これはいわゆる血（ち）の道症（みちしょう）のようなものじゃな」

白い顎鬚（あごひげ）をなでて、そう診立てを下す。

「血の道症、のようなもの……」

「唐の古い医学書では、おなごは年齢が七の倍数となるごとに体が変わっていくとある。初めて月のものを迎えたり、嫁にいって子を産んだりする節目がめぐってきやすい年回りなのじゃ。そうした折には気血（きけつ）の乱れが生じ、体調を崩しがちになる」

「はあ……」

「それはそうと、今年で幾つになりなすった」

「四十一です」

　おもんの斜め後ろで耳を傾けているおけいは、母の年齢が七の倍数に近いことに思い当たった。

「そのくらいの齢ともなれば、子も手から離れ、目の端にぼんやりと老いが見えてくる。そういう頃合いにも、おなごは心身ともに揺らぎがちになるのじゃ。人によって症状は異なるが、頭痛や肩凝りをはじめ、立ちくらみがしたり、暑くもないのに汗が噴き出してきたり、やたらと怒りっぽくなったりする。こたびのように、にわかに心ノ臓がどきどきと脈打ち、胸の詰まる感じがすることもあってな」

　いずれも身に覚えがあるというふうに、おもんが二度、三度とうなずいている。

「人の一生を旅にたとえた先人もあるが、おなごのそれは坂道の連続じゃ。勾配や向きを違えた坂が、つづら折りになっておる。そうさな、子を産み、育てているあいだは、さながらきつい上り坂といえるじゃろう」

　ふと、おもんの動きが止まった。

「とすると、四十一は下り坂にさしかかったあたりでしょうか」

「まあ、そういうことになる」

「先生、薬を飲めば、具合が悪いのは治りますか」

　訊ねたおけいに、医者が苦々しく笑った。

「体の変わり目というだけで、そもそも病とはいえぬ。したがって、これといった薬の処方はない」

「薬はないと……」

「得心しかねるという顔をしておるの。ときに、おけいさんは幾つじゃな」

「二十二ですが……、あ」

　己の年齢もまた、七の倍数に近い。周りにいる同じ年頃の友人たちは、おおかた二人目、三人目の子を身籠って（みごもって）いる。そのうちの一人と前に顔を合わせた折、お産は病ではないといっていた。母の不調はお産からもたらされるものではないが、似たようなものではあるだろう。

　おけいが得心したらしいと見て、医者がふたたび口を開く。

「先ほども申した通り、すべての不調は気血の乱れから生ずるのじゃ。体を冷やさぬようにし、精のつくものを食べる。あまり無理をせず、ゆったりと過ごすことが薬といえるじゃろうな。そういうわけで、おもんさん」

　いいさして、医者がおもんに向き直った。

「季節に春夏秋冬があるように、人の一生も移ろっていくもの。いかにあがこうとも、自然の摂理には逆らえぬ。来たるべき冬に備えて支度に掛かりなさいと、体がおもんさんにおしえてくれておるのじゃよ。ここから先は、体力や気力と折り合いをつけながらやっていきなさい」

「……」

帰り支度をした医者を門口まで見送って、おけいが茶の間に戻ってくると、おもんの腑抜けたような顔があった。虚ろな目が、こちらに向けられる。

「なんだか、お前はお払い箱だと申し渡された心持ちだ」

「お払い箱だなんて……」

おけいはおもんの横に膝をつき、太腿の上に置かれている手を取った。おけいよりもはるかに硬く盛り上がったタコをもつ指先が、たいそう冷たくなっている。

「昔と同じようにはいかないと、突き付けられちまった。齢をとるごとに体が衰え、頭も錆びついて、だんだん枯れていくんだね」

「先生は何も、そんなふうにはおっしゃいませんでしたよ」

「あたしの前には、もう、下り坂しかないんだ。あとは転げ落ちていくばかり。お先真っ暗だ」

おけいは絶句した。

おもんが娘の手を押しやり、腰を上げた。ふらふらと部屋を出ていく。

「おっ母さん、どこへ行くの」

後をついていくと、おもんは板間に出て、壁際の棚から反物と型紙を取り出した。

「お前も、あたしの意匠を古臭いと思うかい」

いつしか、母の目には、研ぎ抜かれた小刀のような光が宿っている。

おけいはぎくりとした。あのとき源五郎の毒づいた言葉が、おもんの耳には届いていたのだ。

「気遣いや遠慮はしないでおくれ。同じ型彫り職人として、思った通りを聞かせてほしいんだ」

「……………」

「こんなことを訊けるのは、お前よりほかにいないんだよ」

切実な眼差しが迫ってくる。

おけいは反物と型紙を見つめたのち、顔を上げた。

「口幅ったいことをいうようですが、古臭いというか、新味に欠ける気がします」

瞬間、おもんの表情が歪む。それを目にしたおけいも胃ノ腑がよじれるような痛みを覚えたが、腹に力を入れて先を続ける。

「細かい文様をずば抜けた技量で彫り抜くのがおっ母さんの十八番だということは、誰もが知っています。じっさい、それを求めるお客もたくさんいなさいます。だけど、いつも同じことをしていたのではお客もつまらないだろうし、型彫りの技も磨かれないんじゃないでしょうか」

「お、おけい……」

「世の中が移り変わるにつれ、人々の心持ちも変わっていきます。同じ文様であっても、少しずつ新しい趣向を取り入れて目新しさを加えていかないと、そのうち飽きられると思うんです」

口にしながらも、おけいは胸がひりひりした。

「伊勢にいる型彫り職人は、江戸の下絵描きから送られてきた図案を元に作業するでしょう。それゆえ、江戸の流行りが、どこか他人事なんです。型紙が伊勢と江戸を行き来するぶん時も掛かるし、染め物に仕上がったときには流行りを逃していることだってある。わたしやおっ母さんが、江戸にいて下絵を描き起こしたり、型紙を彫ったりできるのは、この上ない強みなんですよ」

ひと月前であれば、母であり師匠でもあるおもんに面と向かって意見するなど、とうてい考えられなかった。しかし、自分なりに工夫を凝らした梅の意匠が、源五郎や染源の得意客からも好評を得たことで、おけいには職人としての矜持が芽生えたようだ。柾太郎が話してくれた芸道の心構えに、感銘を受けたのも大きかった。

おもんは茫然として、天井のあたりに視線をさまよわせている。

かつて見たことのない母の姿に、おけいは悲しいような寂しいような気持ちでいっぱいになった。

その場を離れていったん仕事場に入り、画帳を手にして引き返してくる。梅の花が描かれている下絵を広げ、おもんの前に差し出した。

「この意匠を生み出すにあたって、わたしは世の中の流行りを取り込もうとしました。ですが、心掛けたのはそればかりじゃありません」

「ほかにも、何か……」

「彫りの細かさでは、とてもおっ母さんにかなわない。技巧よりほかのところで、己の持ち味を生かすにはどうしたらいいのか。それを考え抜いて行きついたのが、この梅の花でした。いまのわたしにできるすべてが、ここに詰まっているんです」

おもんはじっと画帳に目を落としている。その顔からは、どんな感情も読み取れない。

板間がいくぶん翳ったようだった。

二日後。

朝からどこかへ出掛けていたおもんが、昼前に帰ってきて告げた。

「しばらくのあいだ、およしたちと箱根に行ってくる」

六

十月になってほどなく、旅支度をととのえたおもんが江戸を発った。

おけいは染源から頼まれた型紙彫りに打ち込んだ。

仕事場で小刀を握り、彫っているあいだは手先に集中するのだが、食事どきや夜、寝る前になると、ふと母のことが脳裡をよぎった。

出立する日の朝、家まで迎えにきてくれたおよしたち一行の浮き立った表情とは逆に、おもんは生気のない顔つきをしていた。体の変わり目がまわってきたところに、仕事のほうでもかつてのような勢いを失って、そうとうこたえているに相違ない。

己が意見したことで、さらに母を追い詰めてしまったのではないかと、おけいは気が気ではなかった。

あそこまでいわなくともよかったのではないか。いや、あれでよかったのだ。相反する声が、交互に聞こえてくる。

目の前にあるいまから顔をそむけ、自分の殻に閉じこもっている母を見ているのは、なんともやるせなく、もどかしかった。情けない気もするし、腹立たしくもある。これが赤の他人なら、直言するのをためらったかもしれない。じつの娘ゆえ、耳に痛いような言葉も怯まずぶつけたのだ。じつの娘ゆえ、これしきでへこたれてほしくないと、痛切に思ったのだ。

さまざまな想いが湧き起こったが、ほどなくおけいは母のことを思い出す間もないほど忙しくなった。染源から追加の注文が、次々に入ったのである。

「ただいま」

格子戸が開いておもんの声が響いたのは、十月半ばのある日だった。八ツをまわった時分で、昼を食べそこねたおけいは、茶漬けをかき込んでいた。

「おっ母さん、お帰りなさい」

箸を置いて板間へ出ていったおけいは、土間に立っているおもんの表情が出立したときと比べて柔らかくなっているのを、ひと目で見て取った。

「道中はいかがでしたか」

「江の島で弁天様にお詣りして、鎌倉も見物して……。日本橋から十四里ばかり歩くだけで、まるで別天地だったよ。箱根の湯も気持ちよくて、肩や首の凝りがほぐれた気がする。およしとも夜遅くまで話し込んだりして、おかげでのんびりさせてもらった」

「それはようございました」

「お前は忙しくしてたようだね」

茶の間に入ったおもんが、食べかけになっている茶漬けに目を留める。おけいは茶碗と箸が載っている盆を脇へ寄せ、母の抱えている風呂敷包みを受け取った。

「あれからまた、染源さんに注文を頂いたんです」

「そうかい、商売繁昌で何よりだ」

埃(ほこり)よけに被っている頭の手拭いを外し、おもんがわずかに微笑む。

「連日、歩き通しで、お疲れになったでしょう。湯へ入りに行かれますか。あ、お茶も淹れてませんでしたね」

「いいよ、お前こそ早く茶漬けをお食べ。それより、旅のあいだに、彫ってみたい意匠を思いついたんだ」

旅装(りょそう)を解くのもそこそこに、おもんは仕事場へ入っていった。おけいはあっけに取られるばかりだ。

それから三日ほどかけて、おもんは型紙を彫り上げた。

「おけい、ちょいと見てくれるかい」

そういって差し出された型紙は、おけいの意表を突くものだった。

「おっ母さん、これは……」

彫られていたのは、花や鳥のように、ひと言でいい表せる図柄ではなかった。麻の葉や縞といった、昔ながらの文様とも異なる。どう形容すればよいのか、風のそよぎや水の流れにも似た何かが、ゆるやかな曲線と余白でかたどられている。ともあれ、ふだんのおもんが得手にしている意匠とは、まるきり違っていた。

「空に浮かぶ雲なんだ」

「雲……」

いわれてみれば、そう見えなくもない。

「街道を歩いていると、しぜんと顔が上を向き、遠くの空が目に入る。雲ってのは、見ていて飽きないんだ。今日は白くて大きいのがゆうゆうと浮かんでいても、次の日には灰色の瘤(こぶ)みたいなのが物凄い速さで横に流れていく。一日のうちの一刻ばかりのあいだにも絶えず形を変え、ひとときも同じでいることがない。低く垂れ込めた黒い雲の裂け目から、高いところで白く輝いてる雲がのぞくことだってある。それを眺めていたら、このところのあたしみたいだと思ってね」

母は自身の心身が揺らいでいることをいっているのだと、おけいは察した。

「歩きながら、お前にいわれたことにも思いをめぐらせた。遅かれ早かれ、あたしは細かな彫りで勝負できなくなる。どうすれば、お払い箱にならずにすむだろう。そうしたら、ありのままの自分を彫ればいいんじゃないかと、ひらめいたんだ」

「ありのままの……。それで雲を」

「仕事から離れたくて旅に出たのに、面白いもんで、これまで見えなかったものが見えてきた。考えようによっては、自分がおなごの坂を下り始めたからこそ、見えてきたような気もしてね」

おけいは、母が体調を崩した折に医者から聞いた話を思い出した。

「おなごの一生は坂道の連続だという、あの」

おもんがゆっくりとうなずく。

「坂をひたすら上っているあいだは目の前しか見えないが、下りになるとぐっと視界が開けて、いろいろなものに目がいくようになる。下り坂でも道端には花が咲いているし、空ではお天道様が見守ってくだすってる。そうしたものに目を向けながら、ゆるゆると下っていけばいいんじゃないか。そんなふうに考えたら、残りの人生も捨てたもんじゃないと思えてきた」

　おもんの顔に、屈託や寂寥といった影はない。

　おけいはいま一度、型紙に目をやった。

「この雲は、雲でありながら、おっ母さんの心の景色でもあるんですね」

「そんなたいそうなものでもないが……」

　いささか気恥ずかしそうに、おもんがぼんのくぼへ手を当てる。

「いままでは、生き方でも型彫りでも、白く空いている部分があると、何かしら詰め込まずにはいられなかった。だが、それが己の幅を狭めていたと、遅まきながら気がついたんだ。お前の生み出した梅の意匠のように、余白があるから引き立つものがあるんだね」

「おっ母さん……」

　おもんが手を戻し、おけいを見る。

「手加減せずに答えておくれ。雲の意匠は、つまらない趣向だろうか」

「ううん、ちっともつまらなくなんかないわ。こんなに新しくて、しかも味わい深い意匠は、どこを探してもありませんよ。もしかすると、ここから流行りが生まれるかもしれない」

心の底からいうと、おもんの顔にすがすがしい笑みが広がった。

青く澄んだ空と、刻々と形を変えていく雲が、おけいにも見えるようだった。


翌日、おけいは仕事の区切りをつけると、西両国の甘味屋に足を向けた。奥の小上がりでは、高座着をまとった柾太郎が、いつものように磯辺餅をつまんでいた。

「あれ、おけい。仕事でてんてこ舞いになっているんじゃなかったのかい。もっとも、顔を見ることができて、おいらは嬉しいが」

「柾さんに、大事な話があるんです」

「何だい、あらたまって……。まあ、そこへお上がり」

柾太郎の向かいに膝を折ったおけいは、注文を聞きにきた小女に茶だけ頼むと、両手をつかえた。

「わたし、柾さんの女房にはなれそうにありません」

「お、お、おい。何をいい出すんだ」

柾太郎が軽く噎せ、慌てて茶を飲み込む。

おけいは顔を上げ、旅に出ていた母が戻ってきてからの成り行きを手短に語った。

「おっ母さんが新たな境地に至ったのを目の当たりにして、胸がじんとした。柾さんが、前に蛇の話をしてくれたでしょ。人間も、幾つになろうと皮を脱いでひと回り大きくなれるんだと感じ入ったわ。それでこそわたしのおっ母さんだと嬉しくなったし、こっちも負けていられないという気持ちにもなったの」

「ふむ」

「それにね、このひと月は明けても暮れても型彫りに追われて、自分でも何を食べていつ寝たのかわからないくらいだったのに、毎日、その日一日を生ききった手応えがあったの。そしたら、欲が出てきて……。これからも、がむしゃらに彫って、もっと上手くなりたい。そしていつか、わたしにしか辿り着けない境地に立ちたい。だから」

神妙な面持ちで耳を傾けていた柾太郎が、おけいの目をのぞき込むようにした。

「おいらが一緒にいたんじゃ、その境地に立つことはかなわねえのかい」

「手前勝手をいっているのは、心得ています。だけど、わたしは器用に立ち回れるほうではないし、やっぱり、咄家のおかみさんと型彫り職人の両方を、まっとうできるとは思えないの」

「しかし、おいらを嫌いになったんじゃねえのだろう」

「そんなこと、あるはずがないじゃありませんか。わたしの意匠を初めて褒めてくれた柾さんを、嫌いになれるわけが……」

急に熱いものがこみ上げてきて、言葉に詰まった。堰を切ったように、涙があふれてくる。

おけいは袂で目許を押さえ、声を立てずに泣いた。

外から帰ってきたおけいの顔を見ると、おもんが怪訝そうに声を掛けてきた。

「おけい、どうしたんだい。目が真っ赤じゃないか」

「別に、何でもないの。気にしないで」

「それが何でもないって顔かい。あたしとてお前の母親だ。いい人と逢ってきたことくらいはお見通しだよ」

「えっ」

思わず、母の顔を見返した。

「仕事に差し支えるような仲ではなさそうだったし、いままで黙っていたが……。何かあったんなら、聞かせておくれ」

どうやら隠し通せそうにもない。じつは、とおけいはざっとしたところを打ち明けた。

「へえ、咄家さんがお相手だったとは……。でも、いまの話を聞いて合点がいった。

お前に意見された折、どういうわけでこんないっぱしの口をきけるようになったのかと思ったが、職人の心構えは芸道の心得とも相通じるものがあるらしいからね。しかしながら、せっかくの申し入れを断るとは、何ゆえだい。所帯を持ったのちも型彫りを続けていいなんて、願ってもない話じゃないか」

あっさりといい切られて、おけいはいささか戸惑った。

「そんなことといっても、型彫り職人と咄家のおかみさん、両方ともうまく切り回すのは至難の業でしょう。そもそも、型彫りの技だって、もっと上達しないといけないのに」

「お前って子は、物事をそう四角四面にとらえなくてもいいだろうに……。いや」

おもんがしばし沈思する。

「そんなふうに考えるように、あたしが押し付けていたのかもしれないね」

母のいわんとしていることを、おけいはすぐには読み取れなかった。

おもんの顔つきが、幾分あらたまる。

「おけい、お前は技を飲み込むのに時は掛かるが、幾度もくり返して自分のものにする粘り強さを持っている。うまくいかないことがあれば、ほかに何か手はないかと算段する知恵もある。とてもじゃないが、あたしにはできっこない。お前には、お前のよさがあるんだ」

母が柾太郎と同じようなことをいうのを耳にして、おけいは不思議な心持ちがした。

「お前はこれから、幾重にも曲がりくねった坂を上っていく。二人であれば支え合って乗り越えられるし、下り坂も心細くないだろう。ともに歩いてくれる人がいるのなら、その手を離してはいけないよ」

おもんの言葉を、じっくりと嚙(か)みしめる。

「おっ母さん……。こんど、柾さんに会ってもらえますか」

「むろんだとも」

この話を聞いたら、柾太郎はどんな顔をするだろう。

そう思うと、先刻とはまた違う涙が、おけいの目に滲(にじ)んできた。

母の顔

永井紗耶子

永井紗耶子（ながい・さやこ）
一九七七年神奈川県出身。慶應義塾大学文学部卒。新聞記者、フリーランスライターを経て、二〇一〇年に「絡繰り心中」で小学館文庫小説賞を受賞しデビュー。二〇年刊行の『商う狼　江戸商人杉本茂十郎』で細谷正充賞、本屋が選ぶ時代小説大賞、新田次郎文学賞を受賞。二三年、『木挽町のあだ討ち』で直木賞、山本周五郎賞を受賞。著書に『横濱王』『福を届けよ　日本橋紙問屋商い心得』『大奥づとめ』『女人入眼（にょにんじゅげん）』『とわの文様』など。

一

空にはふわりと白い雲が浮かんでいた。

根津の静かな路地を歩きながら、ふと立ち止まった千鶴は空を見上げる。

「群青に、胡粉の白」

描くならば、その色だ。

ふふふ、と忍び笑いをして、背負った葛籠をもう一度、背負い直した。

千鶴はこの年、十六になる。幼くして二親を亡くし、父の知り合いだった絵師、鶴翁に引き取られた。師匠である鶴翁は、年は四十二歳。

元は郷士であったらしい。上方で修業をしていた時に、父と同門であったという。

南画に花鳥画、挿絵に似絵と、様々な絵を描いて生業にしている。

身近にそれを見て来た千鶴は、自然と絵を描くようになった。今では鶴翁の弟子の一人である。

そして千鶴はこの日、師匠から仕事を任されて、根津を訪ねて来た。

「ここかしら」

それは、生垣の巡らされた粋な数寄屋造りで、いかにも大店の寮といった様子である。千鶴は戸口に立った。

「ごめんくださいまし」

声を張ると、中から、はい、という声がした。ぱたぱたという足音と共に、一人の恰幅のいい中年女が姿を見せた。女中らしく、前掛けをしたまま、襷がけを解いていた。

「こちらは、駿河屋さんの寮でしょうか」

「ああ、絵師さんですか。お待ちしていました」

どうやら話は通っていたらしい。千鶴は促されるままに中へ入った。

縁側に面した間に通されると、背にしていた葛籠を下ろして、出された茶を飲みながら前栽を眺める。ちょうど、晩秋ということもあり、萩の花が咲き乱れていた。遠くには寺の松が借景になっていて、穏やかな風情である。

「ああ、すまないね」

大きな声で姿を見せたのは、日本橋の乾物商、駿河屋の主、惣兵衛である。年のころは四十代半ば。やや白髪は混じるものの、若々しい旦那である。

「この度はありがとうございます」

「いやいや、鶴翁先生にお会いした時に、ふと、女弟子がいたことを思い出してね。丁度いいから頼もうと思ったんだ。ちょいと待っていておくれ」

惣兵衛はそのまま奥へ引っ込んだ。

この惣兵衛は、千鶴の師匠である鶴翁の大事な客であった。これまでも当人の似絵を描いたり、屏風絵（びょうぶえ）を描いたり、掛け軸を売ったりと、何かと世話になっていた。

「駿河屋さんが、妾（めかけ）の似絵を頼んで来た。しかも、女の絵師がいいって言うのさ」

鶴翁が話を持って来たのが二日前のこと。

「千鶴は似絵が得意だろう」

確かに、千鶴は似絵が好きだった。花鳥画も修練しているけれど、似絵は相手の人が喜ぶ顔が見られる。師匠の内儀（ないぎ）、加乃（かの）の似絵を描いたこともあれば、兄弟子たちの顔も描いた。役者や芸者の似絵を描いたこともある。

「お前さんに頼みたいんだ」

「私でいいんですか」

「ああ。何でも、駿河屋の旦那にとっては大事なお妾さん。おいそれと他所（よそ）の男に見せたくない……って、惚気（のろけ）られてね」

隣で話を聞いていた加乃は、まあ、と呆れた様子で笑っていた。半ばは本当なのだろう。同時に鶴翁が千鶴に仕事をさせてやりたいという親心から、話を持って来てくれたことも分かる。その思いが嬉しく、誇らしかった。

「お任せ下さい」

千鶴ははっきりと請け負った。

その時、廊下の方から惣兵衛の声がした。

「ああ、ゆっくりでいいよ」

しばらくして、再び惣兵衛が姿を見せた。その後ろから、先ほどの女中に支えられながら、大きなおなかを抱えた妊婦が姿を見せたのだ。

年の頃は、二十代半ばといったところか。確かに美人画にしたくなるような細面の色白の美女である。

女は千鶴の視線を受けながら、ゆっくりとその場に腰を下ろし、惣兵衛はその傍らに座った。

「これが、妾のお仙（せん）だ」

お仙と呼ばれた女は、軽く目配せだけの会釈をする。千鶴は両手を揃えて頭を下げた。

「絵師の千鶴でございます」

そして惣兵衛に向き直る。

「こちらのお仙様の似絵を描くのでございますね」

「いや、違うよ」

惣兵衛の答えに、千鶴は首を傾げる。

「これの母親を描いてもらいたいんだ」

「お仙様のお母様（かかさま）……その方はどちらに」

「あちらにね」

「あちら……と、申しますと」

「極楽浄土」

惣兵衛は両手を合わせる。千鶴は目を瞬き、答えを求めるようにお仙を見た。しかしお仙は端（はな）から千鶴に答えるつもりはないらしく、目を伏せたままこちらを見ようとしない。

「亡くなられたお母様の似絵を描くのでございますか」

千鶴が問うと、惣兵衛はうん、と深く頷（うなず）く。

「これがね、母親になるのが怖いと言うのさ」

何でも、産み月が近づくにつれて、お仙は繰り返し、同じことを言っているらしい。

「やはり、そういう時はおっ母さんに頼りたいものだろう。しかし、お仙のおっ母さんはとっくにあの世にいらしている。ならばせめて、似姿だけでも傍にあればってなあ」

そう言う惣兵衛に、お仙はにっこりと微笑んだ。

「ありがとうございます、旦那様。そうしてお心遣いいただいて、仙は果報者でございますよう」

「そうか、良かった」

惣兵衛は相好を崩す。そのやり取りを聞きながら、千鶴はじっとお仙を見つめていた。これからお仙を描くというわけではないけれど、その表情や仕草を見ていると、どこか言葉と態度がかみ合わないようにも思えた。

「そういうわけで、よろしく頼む」

惣兵衛は、自分に寄りかかるお仙の肩を抱きながら、千鶴に言う。千鶴は、はい、と返事をしながら、眉を寄せた。

「その……どのようにして描きましょう。目の前にいらっしゃるならともかく、いらっしゃらない御方を描くのは、何分、初めてのことでございまして……」

するとそこで初めて気づいたように、惣兵衛は、あ、と口を開いた。が、すぐに気を取り直して笑う。

「お仙のおっ母さんだ。きっとお仙に似た美人だろう。あとはお仙の思い出話を聞きながら、描き上げておくれ。それでいいな」

すると、お仙は、

「はい。もちろんでございます」

と、答えた。

これはなかなか難題だ。何せ、会ったことのある人ならばともかく、一度も見たことのない人を、話だけで描いていくなど、初めてのこと。

しかし、それでもやらねば信頼してくれた師匠に恥をかかせることになる。

「では、早速」

千鶴は持って来た葛籠の中から、画帳と筆を取り出した。そして、硯（すずり）に墨をする。

その様子を見ていた惣兵衛は、うんうん、と満足そうに微笑んだ。そして、

「さてと」

と、立ち上がる。

「あら旦那様、もうお戻りですか」

お仙が惣兵衛の袖を摑(つか)む。

「ああ。またすぐ来るから。千鶴さん、よろしくな。手が必要だったら、このお梅(うめ)が何でもするから」

言われた中年の女中は、はい、と言って千鶴に会釈をする。

「はい。畏(かしこ)まりました」

そして惣兵衛はお梅に見送られて寮を出て行った。

千鶴と二人きりになると、お仙は不意に、ああああ、と大きな声で欠伸(あくび)をしながら脇息(きょうそく)を引き寄せ、それに身を預ける。千鶴はその様子に驚いたが、それでも筆に墨をつけた。

「では、お仙様。少しお話を……」

「いいよ、そんなもん」

お仙はあけすけな口調で言う。千鶴が驚いていると、お仙は呆れたようにため息をつく。

「おっ母さん、おっ母さんって、旦那は同じことばかり繰り返して、うるさいったらありゃしない」

先ほどまで、旦那様、と鼻にかかった声を出していたのと同じ人とは思えない。

「お梅、昆布茶をちょうだい」

大声で呼びつける。お梅は慣れた様子ではいはい、と返事をし、昆布茶を盆に入れて持ってくる。お仙は昆布茶を口に運びながら、しみじみと千鶴を見やる。

「絵なんて道楽をしているところを見ると、お前さんはいい所のお嬢さんなのかい」

昨今では、大店のお嬢さんなどが、絵師の元に絵を習いに来る話も聞く。

「いいえ、私は父が絵師なので……」

「ふうん」

聞いておきながらもあまり関心がなさそうだ。

「旦那様はね、さぞやおっ母さんが好きなんだろうと思うよ。だから、おっ母さんさえいれば、不安なんて消し飛ぶと思っているのさ。おめでたいお人で羨ましい」

そう言いながら己の大きなおなかを摩(さす)る。そして再び、あああ、と大きな欠伸をした。

「まあ、適当に描き上げればいいさ」

そして脇息に手をついて立ち上がる。

「あの……」

千鶴が呼び止めようとすると、お仙は首を横に振る。

「今日はもう眠くて仕方ない。絵は明日からにしておくれ。私にちょいと似せて、そいつを老けさせればいいだけだから」

そして、大きなおなかを抱え、そのまま奥へ入ってしまった。千鶴は呆気にとられ、目の前に広げてしまった硯や紙を見やる。するとお梅が戻って来た。

「ご苦労様ですねえ。お片づけを手伝いましょうか」

お梅の言葉に、いいえ、と答える。どうやら本当にお仙はあのまま奥へ下がってしまったらしい。ひと筆も描くことができないまま、今日のところは引き下がるしかなさそうだ。広げた紙を戻し、墨を戻し、硯を清めて葛籠の中に片づける。ほうっと吐息をしていると、

「どうぞ、一服」

と、お梅が盆に新しいお茶と菓子を持ってきてくれた。

「ありがとうございます」

千鶴は出されたおこしを食べながら、言葉が見つからない。

「ま、気になさらずに。お仙さんの言う通り、お仙さんの似絵をちょいと老けさせておけばいいんですよ」

ええ、と答えながらも、千鶴は腑に落ちない。

それでは、ちゃんと仕事をしたと言えないのではあるまいか。そしてそんな粗い仕事は己の恥になるし、師匠の恥になる。大切なお客である駿河屋を欺くことはできない。

「まあ、拗ねていらっしゃるんでしょうねえ」

お梅は千鶴と向き合って座り込み、音を立てておこしを食べながら茶を啜る。どうやら話し相手を求めていたらしい。

「お梅さんは、お仙さんとの付き合いは長いんですか」

「ええ、まあ。あの人がここに来る前から。私が料亭の仲居をしていた時に、お仙さんは売れっ子の辰巳芸者だったので」

千鶴はついとお梅に膝を進めた。

「お仙さんのこと、少し教えていただけませんか」

せめて、話のきっかけだけでも摑めなければ、当人の似絵を描くことさえ難しい。

「まあ、知っていることならば……ねえ」

お梅は嬉々として話す。

深川芸者の時には、源氏名を米吉といって、踊りの上手い辰巳芸者として名を馳せていたお仙は、ある宴の席で駿河屋に見初められた。以前は、船頭や魚河岸の若い衆や火消といった連中と、数々浮名を流してきたが、二十も年の違う駿河屋惣兵衛がそこに名乗りを上げた。

「落籍して、後添えにしたい」

その言葉に、お仙は当初は迷っているようであったという。

「駿河屋さんはおかみさんを亡くされて三年は経っていた。でも、しっかり者だったおかみさんの後添えに芸者上がりはいかがなものかって、番頭さんたちが大反対」

それに、お仙とさほど年の変わらない先妻の娘二人も怒り、後添えとして家に入れるのは見送ることになった。

「それで当面は妾としてこの寮で暮らしてくれって話になったんだけど、気づいたらもう二年目。子が出来たって話だけど、もしもこれが男の子だとすると厄介でね」

「と、言いますと……」

「先妻の子は娘ばかり。長女に婿を迎えることになっているけれど、もしも男の子となると、跡継ぎになるんじゃないかって、御店の方では大騒ぎ」

惣兵衛の母も、芸者の子を迎えるよりも、可愛がってきた孫娘に婿を取って継がせたい。そこで、大急ぎで婿入りの話を進めており、子が生まれる前に祝言を挙げる算段になっているという。

「そうなると、いよいよこちらは妾のまま。いずれご隠居となった旦那様がこちらに越して来られるまでは一人静かに暮らすことになるんです。お子さんが男の子だとしても、分家に養子に出されるか、奉公人になるか……いっそ、娘の方がいいでしょうねえ」

大店となると、色々と面倒なことも多いらしい。

「そうかがうと、不安に思われるのも無理はないような……」

お仙が母になるのが怖いのは、自らの母のあるなしとは関係ないのではないか。

するとお梅も何度もうなずいた。

「おっしゃる通り。旦那様はそういう肝心なところでお仙さんの心持が分からない。お坊ちゃん育ちだからなんでしょうね。それがお仙さんの気に障るんでしょう。旦那様の前ではああして笑っているけれど、不安もあって当然です」

何となく、お仙の言葉と態度がかみ合わないと感じたのはそのせいだったのかと思った。

「でも、おっ母さんの似絵があれば、それでも少しは慰みにはなるかしら……」

旦那が頼りにならないとしても、亡き母の似姿があれば、心の支えにもなるだろう。

するとお梅は、はて、と首を傾げた。

「どうでしょうねえ」

お梅はそれから、他愛もないおしゃべりをしていた。ふと外を見ると、日が西に傾いている。

「では、ひとまず今日はこれで失礼致します。また、明日に参ります」

根津の空は夕焼けに赤く染まり始めていた。

「朱に藍……かな」

そう呟いてから、ため息をつく。

来た時の浮かれた気持ちはすっかり消え失せ、足取りも重く帰途についた。

二

その日は曇天であった。暗灰色の空は、岩絵の具よりも水墨画が似合いそうだと思いつつ、千鶴は根津へと向かった。

これで、根津のお仙の元に通い始めて三日になる。

「お母様のお話を聞かせて下さいませ」

と、問いかけても、

「いいじゃないさ、そんなこと」

お仙は話をはぐらかす。そして、

「そんなことより、昔のお客の話でもしてやるよ」

と、赤裸々なお座敷での話を聞かせ、千鶴が困った顔をすると、それを見て笑う。

「初心（うぶ）なお嬢には、ちょいと悪かったかね。ごめんよ。ほら、饅頭（まんじゅう）をお食べ」

揶揄（からか）うのだ。

悪い人ではないし、千鶴のことを嫌っているわけでないのは分かる。ただ、どうにも母親の話をしたくないようなのだ。

「なかなか難しい」

見たことのない人を描くということもさることながら、話を聞くのも難しいとは思わなかった。

「ごめんください」

寮の戸口で声を掛けると、女中のお梅が出迎えた。

「悪い日に来なさったねえ。とんだ曇り空だろう。こういう日は、お仙さんは調子が悪いのさ」

それでも来たからには、顔だけでも見せていきたいと言うと、

「八つ当たりされても知らないよ」

と言いつつ、中へ通してくれた。

奥の間に行くと、お仙がいた。脇息に凭れて眉根を寄せて目を閉じている。

「絵師の千鶴でございます」

千鶴が声を掛けると、はあ、とため息をついた。

「おやまあ……懲りもせずにまた来たのかい」

「駿河屋さんのお望みでございますので」

お仙は、やれやれといった調子で軽く身を起こして手招いた。千鶴はついと膝を進めて部屋の中へと入る。

「仕方ないから、早いところ終わらせておくれ。この顔を少し老けさせておけばいいよ。どうせ旦那様は本当の私のおっ母さんの顔なんか知るわけではないんだから。お前さんだって、御足が貰えりゃそれでいいんだろう」

「はあ……まあ……」

確かにその通りではあるのだが、千鶴はそれでは嫌なのだ。おざなりな仕事をしたと思いたくはない。

「お仙さんに似せて描くにしても、そっくりそのままというわけにも参りません。少しで良いので、覚えておられることをお話しいただけませんか」

すると眉間に手をあてがい、はあ、と吐息する。

「もうこれで三日かい……。さすがに話の種も尽きた」

どうやら、無駄話でけむに巻くのは諦めてくれたらしい。画帳を手にしてお仙に向かう千鶴を見て、自嘲するように笑う。

「こういう曇りの日はね、決まって頭が痛いのさ。これはね、おっ母さんの置き土産だよ。あの人もこういう日には頭が痛いって言っていた。ろくでもないものしか私に寄越さない」

唾棄するように言う。千鶴はそれに対して、いいとも悪いとも言わない。ただ、はい、と頷いた。するとお仙は目を細めながら千鶴を睨む。

「はいって何だい」

千鶴は何を問われているか分からず、首を傾げる。

「いえ、ただ、そういうことなのか、と」

するとお仙は、ふん、と鼻で笑う。

「私がこういうことを言うとね、大抵の人は言うのさ。そんなにおっ母さんのことを悪く言うもんじゃない。命を懸けて産んでくれたんだからってね。もう耳にたこ」

お仙は鬱陶しそうに耳に小指を入れて見せる。しかし、千鶴はそれに対しても、ただ、はい、と答えた。お仙は珍しいものでも見るように千鶴を見やり、次いで憫笑にも似た笑いを見せる。

「絵描きってのは、どこか世間とは、ずれているのかね。でも、それならいいや。話すだけなら話してやるけどさ」

そう言いながら脇息の位置をずらして、自らの胸の前に置く。そして、両腕をそこにおき、千鶴の方に身を乗り出すような姿勢になった。

「一切、言い返したり、諭したりするんじゃないよ。私は今、機嫌が悪い。今みたいにただ、はい、はい、って聞いてりゃいいよ。そうしたら私もしゃべりやすい」

「分かりました。そうしている間に、お仙さんのお顔を少し描いてみてもいいですか」

「構わないよ」

お仙の言葉を受けて、千鶴はその場に筆や墨を広げる。画帳を取り出しつつ、側に控えていたお梅に、水差しの水を頼んだ。

「では、失礼を」

千鶴はそう言うと、お仙の輪郭を辿るように描く。丸い額は艶々として、白い頬には微かに赤みが差している。

美しい人なのだ。

しかし、その眉間に刻まれた深いしわと、剣呑な目つきは、懐かしい母を語っているようには見えない。頭が痛いと言うが、その顔はそれだけではないらしい。

「私のおっ母さんはね、武蔵の貧しい百姓の出でね。物心ついてしばらくしたら、江戸に奉公に出されたってさ。確か、履物問屋だったかな……」

十になるかならぬかという頃に、お仙の母、お稲は江戸に出て来たという。一言で奉公先と言っても千差万別。我が子のように可愛がる御店もある一方で、幼い子らを捨て駒よろしくきつい仕事に当たらせる御店もある。お稲が仕えた御店は、後者であったらしい。お稲は早々にそこから逃げ出したのだという。しかし、幼い娘が一人で武蔵に帰るのは至難の業。そうこうしているうちに、御店に捕まり、引き戻された。この一度の逃げ出しが、よけいに御店の主の機嫌を損ねたらしい。

「役立たずの癖に、生意気を言うんじゃない」

怒鳴られ、ぶたれ、仕方なく御店に仕え続けることになった。

「ともかく一刻も早く、この暮らしから抜け出したい」

それがお稲の望みであったのだという。

そしてお稲は、十四の時に御店の修繕にやって来た大工の千吉(せんきち)に一目ぼれをした。

「後生ですから、お嫁にもらって下さい」

両手を合わせて乞うたという。千吉はその時、十八。独り立ちにはまだ早いが、腕は確かだと言われていた。

「何よりも、お面が良くてね」

お仙は、皮肉を込めた口ぶりで言う。

「おっ母さんは、中身なんか知りゃしない。ただ、そのいいお面に惹かれたんだろう。そのお面のおかげで私も今、こうしてここで妾をしていると思えば、なるほど有難いのかもしれないけど」

千鶴はそこまで聞いて、ふと手を止めた。

「お仙さんのお顔は、お母様に似ていないのですか」

お仙は、ああ、と気のない返事をする。

「そうさね。お父(とっ)つぁん譲りだよ。おっ母さんに似ていると言われるのは、額の形と、目尻のほくろかな。おっ母さんは、鼻は丸くて目は小さい。芸者だったら十人並みって言われて、御足を稼げやしないさ」

ふん、と嘲笑(あざわら)うように言う。

お仙の顔を少し老けさせておけばいい、と言われたが、なるほど顔立ちがまるで違うというのなら、さて、どうしたものかと千鶴は首を傾げた。そして、帳面を捲って、新しい紙に替え、再びお仙の顔を見ながら、目を小さく、鼻を丸く……と、その輪郭を探す。

「それで、お母様は、お父様と夫婦になられたのですね」

「お母様とお父様ねえ……まあ、そうだよ」

お仙は、お母様、お父様という言葉が気に入らないのか、苦笑しながら頷いた。

「それで、私が生まれたのさ」

長屋住まいで三人暮らし。大工の父、千吉は、次第に腕を上げていき、大きな仕事も任されるようになってきた。

「いずれは大名屋敷の普請も出来る、大きな組を作ってやらあ」

そう言って、年下の連中を集めては、しばしば豪気に飲んでいた。

「兄さん、ついて行きますよ」

ついてくる連中もいて、いずれはいい親方になるだろうと思われていた。

「でもね、一寸先は闇ってのはよく言ったもんさ……」

向島辺りに大店の旦那が建てていた妾宅の仕事だった。他所の親方が請け負っていたのだが、人手が足りないからと千吉も呼ばれて出向いていた。出入りの材木問屋も細工の職人も、いつもと勝手が違う。

「何かやりづれえなあ……」

千吉はそうぼやいていたのだという。しかし、七つになったお仙に、

「晴れ着を買ってやりたいしなあ」

と、ちょいと実入りのいい話だからと引き受けていた。

そして出かけていくのを、お仙は母のお稲と見送った。

その夜のこと。

「おかみさん、大変だ」

顔見知りの大工が駆け込んできた。

「千吉さんが、木材の下敷きになっちまって……」

材木問屋が運び入れる際、いつもならば熟練の者が来るのだが、その日はまだ小僧上がりのような若い者が来ていた。立てかけ方が悪かったらしく、ぐらぐらとしていた。

「おい、大丈夫か」

千吉が案じると、へえ、と返事をして、それを直し始めた。その手元が危なっかし

いからと、千吉はそれを手伝っていたらしい。

「大丈夫ですから」

手代に言われて、千吉がその場を離れようとした時に、後ろから木材が倒れて来たのだという。

「それで、うちの人は無事なんですか」

「へえ、命は助かったんですが……」

何本もの木材が折り重なって倒れ込んでおり、ともかく大勢で千吉を助け出した。

「ただ、左足が骨が見えるくらいでして……」

左足の脛を最も強く打たれていたらしく、骨が折れて皮膚を突き破るほどであったという。

暫くして帰って来た千吉は、両脇を年下の可愛がっている大工たちに支えられていた。

「そのうち治るさ」

千吉が言うと、大工たちも頷いた。

「その通りですよ、兄さん。また一緒に、やりましょう」

一月が経ち、二月が経った。足の痛みは引いて、歩けるようにはなった。しかし、かつてのように身軽には歩けない。高い梯子を軽々と上り、木枠を渡ることはできない。

「そのうち、すぐに出来る」

千吉は何とか元に戻ろうと、何度も大工仕事に出向いた。しかし、思うようにはいかなかった。はじめのうちは、千吉を元に戻そうと、親方や若い衆も気を遣っていたのだが、忙しくなると千吉のことばかり気にかけているわけにもいかない。

「すまねえが、今回は遠慮してくれ」

頼みに行った親方に、そう言い渡されることも少なくなかった。

やがて一年が過ぎる頃。千吉が可愛がっていた大工が独り立ちして、さる料亭の普請を任されることになった。そこは元々、千吉が若い時分から手を掛けて来た店だった。

「めでてえなあ、良かったなあ」

千吉は口ではそう言った。しかし、腹の底では口惜しさが渦巻いていたのであろう。次第に、大工仕事に出かけなくなり、酒に浸るようになっていった。

「梯子や木枠は無理だけど、元々、器用なんだから。むしろ、細工の職人になれば」

お稲に言われても、千吉は首を縦には振らない。

「細工の職人連中は、子ども時分から腕磨いてやってんだ。今更、俺が手習いで始めたところで、達人になれるわけでもねえ」

なまじ、大工として腕がいいと言われていた誇りがある分、新しいことを始めるのが難しい。

元は子煩悩で、優しい父だった。一人娘のお仙のことを、「目に入れても痛くねえ」と言うほどの可愛がりようであったのだが、その頃の父の目には、お仙の姿など映っていないようだった。狭い長屋の中には、澱んだ空気が揺蕩うようであった。

「ごめんね、お仙。七つのお祝いができなくて」

もう八つになったお仙にとっては、晴れ着なんかよりも、お父つぁんに元に戻って欲しかった。

「お父つぁんと、待っていてね」

その頃から、母お稲は、外へ稼ぎに出かけていた。何をしているのかは知らなかったが、ともかくも、働かなくなった夫と幼い娘のためにと、気を張り詰めているようであった。

だが、お仙にとっては、父と二人で残されるのが嫌だった。酔いどれの父は、お仙を睨む。

「お前、俺のことをくずだと思っているんだろう。そういう目をしていやがる」

かつてとは別人のように罵る。お仙は怖くなって家を飛び出し、近くの稲荷で母の帰りを待つのだ。やがて夕刻近くになると、母は急いで帰って来る。

「おっ母さん」

稲荷から飛び出して、母に縋る。すると母は、血相を変えた。

「お前、お父つぁんを放って出て来たのかい」

そう言って、母はお仙を置き去りにして、父の元へと走って行ってしまった。

その時の背中が、夕焼けの中で遠ざかって行く様が、今でもはっきりと瞼の裏に残っている。

「おっ母さんは、お父つぁんが大事なんだ。そのお父つぁんが私を嫌っているんだから、おっ母さんは私を捨てるかもしれない」

それは、じわりと胸の底に沸き起こった不安だった。

「でもね、捨てられたのはおっ母さんだったのさ」

お仙は、その時のことを思い返しながら言う。

「捨てられた……というのは」

「お父つぁんは、世話女房が面倒になって、別の女を連れ込んだ」

外で働く女房と、自分を怖がって逃げる娘に嫌気がさし、昼日中から飲みに出かけた千吉は、やがて、品川辺りから流れて来た食いはぐれの飯盛女を連れ込んだ。年増で、見目も良いわけじゃない。ただ、千吉の倦んだ心には、ちょうどいい具合だったらしい。昼日中から酒を飲んで共寝をする。

母はそれでも、父の機嫌がいいのならと、その飯盛女を追い出すこともしなかった。

その有様はすぐに隣近所に知れる。

「お仙ちゃん、可哀想に。うちにおいで」

長屋の隣の老婆が面倒を見てくれた。母は、その様子を知りながら、夕暮れになると老婆の元にお仙を迎えに来る。

「どうしてお前は家にいないで他所に迷惑をかけるの」

母は言う。

どうしてって、おっ母さん、分かるでしょ。居場所がないからだよ。それでも私が悪いのかい。それでもあそこにいなきゃいけないの。

言いたいことは山ほどあったが、何も言えなかった。

無言のまま、母に手を引かれて家に帰った。

すると、したたかに酔った父は顔を上げて母を見た。その傍らにはあの女がぴったたりと付いていた。

「おう、お前、出て行きな」

「出て行くって……」

「お前にはもう、用はねえや」

女は、ひひひ、と下卑た笑い声を立てた。母は、凍り付いたようにその場にいたけれど、やがて身を翻して飛び出していった。

「私は置いて行かれたんだ……」

お仙は、ふっと、寂しげに笑った。

三

「お母様とは、それきり会っていないんですか」

千鶴が問うと、お仙はついと首を傾げて、千鶴の手元の絵を見た。

「それ、私かい」

「いえ、その……」

千鶴は思わず隠そうとする。そこには、脇息に凭(もた)れたお仙の、眉を寄せた気難しい顔が描かれていた。

「今、頭が痛いとおっしゃっていたのに、すみません」

すると、お仙は自嘲するように笑う。

「ああ、でも……よく似てる」

手を伸ばして見せてくれと合図する。千鶴は渋々とそれを差し出した。お仙はしみじみと見つめてから顔を顰めた。

「嫌なところが似るものだね。おっ母さんは、お父つぁんが体を壊してからというもの、年中、こんな顔をしていたよ。顔立ちは似ていないのに、眉根の寄せ方なんかそっくりだ。これをちょいと目を小さくしたら、そのまんまおっ母さんさ」

千鶴は、はあ、と言いながらお仙の手からそれを受け取る。そしてその気難しい顔をじっと見つめる。するとお仙は、ははは、と乾いた笑いを漏らした。

「でもそれじゃあ、だめだね。旦那様は、私の心の支えになるおっ母さんの顔を描けってお前さんに言ったんだろう。そんな陰気な顔をした女の顔を描いたら、お前さんが叱られちまう」

確かに、これを「母の顔」として渡せば、駿河屋の主人は納得しないだろう。

「よく似てる。お前さんの腕は確かだ。でも、幻の優しいおっ母さんを描かなきゃならないんだって。酷な注文だねえ」

お仙は脇息から身を起こしながら、傍らにある湯呑から白湯を飲む。

「少し、楽になって来たかな……」

ふうっと一つ息をついて、身を起こした。そして首を傾げて記憶を手繰るように口を開く。

「その後、おっ母さんには会えたよ。一度……」

「帰って来られたんですか」

「いいや。何せ、おっ母さんが出て行ったすぐ後に、私は置屋に売られたんだ」

母を追い出した後にすぐに食い詰め、父は金に困っていた。そして、金貸しから唆されたのだ。

「お前さんところ、娘がいるだろう。身売りも孝行さ」

最初は吉原に売ろうとしたらしいけれど、それは思いとどまって、深川の置屋にしたらしい。しかし、幼いお仙にとってはどちらも同じことだった。

「達者でな」

そう言いながら、女衒から金を受け取った父の顔をお仙はぼんやりと見上げていた。

深川の置屋では、姉芸者たちの三味線の箱持ちをして座敷を渡り歩き、踊りの稽古に三味線に長唄に……と、日々、忙しなく暮らしていた。

「お前さん、なかなか筋がいい」

置屋の女将さんに褒められて、やがてお座敷にも出るようになった。舞も長唄も上手で酒に強くて、陽気な辰巳芸者の米吉といえば、遊び上手な旦那衆の間では、ちょっと知られた売れっ子になっていた。

これが天職かもしれない。

いずれは女将さんの後を継いで、置屋をやって、若い子たちを育てていくのもいい。間違っても色恋で身を持ち崩すようなことはしない。

それは、惚れて一緒になった父と母の成れの果てを見たからこそ分かることだった。

気づけばお仙は二十歳になろうとしていた。

そろそろお座敷だけではなくて、芸事でも師匠として若い子たちを育てていくことも考えないといけない。となると、何かと物入りでもある。贔屓の旦那もついていたが、

「羽振りのいい人に落籍されるのも、いい手だよ」

女将さんは言う。

女将さんも、置屋をやっていくのに贔屓の旦那に金主になってもらったらしい。

「堅気の夫婦じゃないからね。その分、手前の芸と気風は譲らないのが筋ってもんさ」

女将さんのそういう生き方は、夫に惚れて、裏切られて追われた母とはまるで違って、頼もしく思えたものだ。

そんな年の瀬のこと。

「姐(あね)さん、お客さんです」

半玉(はんぎょく)の子が言う。

「誰だい」

「女の人なんですけど……」

すると、置屋の勝手口に、菜売りの婆さんが一人座っている。

「私に用があるってのは、お前さんかい」

問うと、頭に巻いていた手ぬぐいを取った女は、しみじみとお仙を見上げる。

「お仙……大きくなって……」

それが、おっ母さんだと気づくのに、暫くの時が要った。

「おっ母さん」

探してきてくれたんだ。

そう思うと、胸に迫る思いがあった。父に追われるように家を出た母が、その後に生きているかどうかも分からなかった。でもこうして達者でいてくれて、娘のことを思ってくれていたんだ。それが嬉しかった。

「少し前から、この辺りを売り歩いていたから、お仙がいることは知っていたんだけど……つとめの邪魔になってはいけないからと、声を掛けずにいたんだよ」

「そんな遠慮をしなくていいのに……」

ずっと会いたかった。そのことを改めて思い知る。

「暇はあるのかい。私はこれからお座敷だからさ、ちょいと待っていておくれよ」

「いや、帰らないといけない」

「用事があるのかい」

「……いや」

母は歯切れが悪く言い淀む。

「どうしたのさ」

お仙は問う。すると母は床に額をこすりつけるように頭を下げた。

「お仙、後生だ。金を都合してくれないかい」

え、と問い返したい気もした。しかし、その草臥(くたび)れた様子を見れば、暮らしが楽ではないのは分かる。

「頭を上げておくれよ。どれくらい要るのさ」

「二両……二両あれば」

なかなかの額である。確かに、菜売りの小商いで稼ごうとすれば、必死で売り歩いても三月余りはかかるだろう。お仙は日ごろから、金に困らぬようにと貯めるようにしていた。二両ならばすぐに支度ができる。しかし……

「二両って、金貸しにでも借りているのかい」

年の瀬に金を借りにくるというのは、掛け取りでも来ているのだろう。

母は小さく頷いた。

「何に使うのさ」

見たところ、質素な身なりで、日に焼けて、働き者の手をしている。身の丈に合った暮らしならば、そんな借金を抱えることはないだろう。

「お父つぁんがさ……博打でね……」

お仙は、その言葉にふっと血の気が下がる気がした。

「お父つぁんって、お父つぁんかい」

母は頷く。

「いつ、戻ったんだい」

「お前が、置屋に売られたって、長屋の留婆(とめ)さんから聞いてすぐ……」

かれこれ十年以上も前のことだ。

「それから、ずっと、お父つぁんと暮らしていたのかい」

「ああ……」

「あの女は」

「お仙を売った金が尽きて、すぐに出て行ったって。それで私は戻れて……」

ぐるぐると、頭の中に苛立ちが渦を巻く。それでも母は言い募る。

「お父つぁんは悪くないんだ。運悪く、怪我をしちまったのが悪いんだ。私にも、済まなかったって何度も泣いて謝って。お仙の孝行には感謝してもしきれねえって……」

「孝行」

否応なく、金と引き換えに売り払った娘のことを、孝行だという。そして、そうと知りながら、母は十年以上も娘の元を訪ねもせず、今こうして、金の無心にやって来たんだ。

先ほどまでの再会を喜ぶ思いが、すーっと淡雪のように融(と)けて消えていくのが分かる。代わりに、背筋をピンと伸ばす氷の柱が、身の内側に突き立った。

「よござんす、ちょいとお待ち」

お仙は着物の裾を翻し、置屋の二階にある自分の部屋へと入って行った。そして、部屋の奥にしまってある手文庫から、三両を取り出して、紫色の縮緬の袱紗に丁寧に包んだ。袱紗には香が薫きしめられていて、仄かに良い匂いがする。

お仙はそれを懐に入れると、とんとんとんと階段を下りて行った。そして、勝手口の方を見ると、そこには草臥れた老婆の姿がある。

先ほど見た時にも、懐かしさも慕わしさもなかった。名乗られた時には、母だと分かって嬉しかったし、会いたかったと思った。

でも今、こうして見ると、ただの憐れな老婆だ。あの人はいつも夫が大事だ。無論、腕の良かった大工だった千吉が、怪我をしたのは不運だった。でも、そんな風に体を壊しても、その後にしっかり職人としての道を見つけて生きていく人もいる。酒に溺れ、女に溺れ、妻を追い出し、娘を売った男を、

「お父つぁんは悪くない」

と言えるのは、惚れて頭がおかしくなっている母だけだ。

いつぞや、置屋の女将さんに父と母のことを話したことがあった。すると、女将さんは、ふうん、と黙って聞いてから、首を傾げた。

「お父つぁんは、試したんだね。どこまで酷いことをして、言って、おっ母さんが、耐えてくれるのか。八つ当たりが止まらなくなっちまった。お前さんにもそうだ。甘ったれて、暴れてる。そうなっちまったら、人として崩れていくから、もう、一緒にいるだけ辛いばっかりだ。お互いの縁を信じて、一度、離れる方がいい。別の女に会うことで、意外とお父つぁんが立ち直ることもある」

「それじゃあ、おっ母さんは報われませんね」

お仙が言うと、女将さんは笑った。

「そう思うだろう。その実、だめな男を作るのはだめな女なのさ。振り回される女でいたい。一緒になって落ちていきたい。そういう番（つがい）は、周りを不幸にするからね。離れるしかない。あとは両手を合わせて、南無阿弥陀仏。仏様に御救い願うのさ」

そう言って、煙管（キセル）の煙を吐いていた。

「色街にはそんな番がたんといる。行きつくところは心中か。二人そろって盗賊か。面白おかしく芝居になんかなっているけど、身内はたまったもんじゃない。縁を切るのが渡世だよ」

芯を通して生きていく。それは容易なことじゃない。女将の話を聞いて、心底そう思った。

それでも、おっ母さんはお父つぁんを見限って、出て行ったから大丈夫だと思っていた。

それが違った。

まさに、共に落ちていく道を選んでいるんだ。

そう思った。

そして、一つ息をつくと、勢いよく裾を引きながら、勝手口へと向かった。

「お仙」

縋(すが)るような目を向けられる。そこにあるのは母としての慈愛ではない。金を持った者への期待なのだ。それが分かるから辛い。

ついと膝をついたお仙は、懐からゆっくりと袱紗包みを取り出した。母の目はその包みに注がれる。もう、お仙の顔など見てはいない。

「おっ母さん」

声を掛けられたお稲は、え、とお仙の顔を見た。お仙は、さながら座敷に呼んでくれた旦那に見せるような優しい笑顔を浮かべる。

「娘がいるってことを、思い出してくれてありがとう。でも、十年以上も忘れていられたんだ。私も気に病むことはしない」

母は何を言われているのか分からないといった様子で、お仙の顔と袱紗の間で、視線を忙しなく動かした。お仙はそれを見て、袱紗包みを床にトンと置いた。が、手を離さない。

「これはね、私がお父つぁんに売られてから、女将さんの元で修練をして芸を磨いて、嫌なお客にも愛想よく、ここまで勤めて稼いだ御足だ。決して羽振りがいいわけじゃない。必死だったんだよ」

「分かっているよう」

同情するような眼差しを向ける。それがどこか媚びているように見える。ああ、いやだ、と思った。

「だからね、おっ母さん。このお金はね」

お仙はそれを再び己の手の中に入れ、ぎゅっと胸元に引き寄せる。すると母の顔が怪訝(けげん)そうに険しくなるのが分かった。

ああ、もうだめだ。この人は、母として来たんじゃないと、分かった。

離れるしかない。南無阿弥陀仏。

女将さんの声が耳の中に蘇る。そして、腹に力を込めた。

「このお金を受け取ったなら、縁切りだよ」

そう言って、お仙は自らの手のひらの上に載せた袱紗を開いて、母に向かって見せた。紫の袱紗の上の黄金色は、鈍く光っている。母はもう、お仙の顔を見なかった。ただ、小判に向かって手を合わせ、それを迷わず手に取った。

お仙はぱっと立ち上がり、土間にある塩壺(しおつぼ)を手に取った。そして塩を摑むと母に向かって投げつけた。

「お仙、何をするんだい」

「言ったはずだ。その金を受け取ったら縁を切るって。もう親でも子でもない。金づるにされるのは御免だよ。あのろくでなしと、落ちるところまで落ちればいいさ。二度と、ここに足を踏み入れるんじゃないよ」

「お前、親を何だと思っているんだい」

金をしっかりと懐に仕舞いながら、母、お稲は居丈高に言い放った。

「ああ、親はね。十年前に別れたきりさ。ここにいるのは、物乞いだろう。とっとと帰りな」

お稲は菜売りの背負い子を担いで、逃げるように出て行った。

騒ぎを聞いて駆け付けた女将は、肩で息をしながら、取りつかれたように外に向かって塩を撒くお仙の肩を抱き寄せた。

「もういい。もういいよ」

肩を優しく撫でられて、お仙はふっと緊張の糸が切れた。そしてそのままその場に膝を折ると、泣き崩れた。

それが、母と会った最後だった。


「それきり、会っていないんですか」

千鶴が問うと、お仙は小さく頷いた。

「その後も、置屋に金の無心に来たらしい。でも、私は会わないって決めていたから、女将さんが追い返してくれた。余分にやった一両もあぶく銭で消えちまったらしいしね」

「もう……会わないんですか」

するとお仙は、ぐっと眉を寄せて唇を嚙みしめた。そして寂しさと苦さをない交ぜにしたような笑みをこぼした。

「会えないのさ。死んだから」

千鶴は言葉もなく、お仙を見つめた。

「縁を切って一年くらい経った頃。田原町辺りで火事があったって。お父つぁんやおっ母さんが何処に住んでいるかさえ、よく知らなかったんだけどね。ご親切に教えてくれたのは、金貸しだったよ」

ある日、やくざ者が置屋にやって来た。両親の金の掛け取りだと言った。

「私は千吉とお稲とは縁を切っているんだ。知らないよ」

お仙が言うと、男は笑った。

「でもね、千吉さんが、いざとなりゃ、うちには売れっ子芸者の娘がいるって言って借りたんだ。ほら、証文もある」

見せられた証文には、千吉の名が記されていて、そこにはお仙こと米吉のことまで書かれている。下手をすれば吉原に売り払われかねない証文である。

「あっちは何て言っているんだい」

すると、男は、かかか、と声を立てて笑った。

「言うも言わねえもねえや。田原町の火事で、二人そろって焼け死んだ。だから、この金さえ取れれば、俺の仕事は終いさ」

張り詰めていた気が抜けていくような心地がした。お仙は男の言う通り、耳をそろえて三両を渡した。そして目の前で証文を破り捨て、これで愈々(いよいよ)、縁が切れたとほっとした。

その足で、田原町へと出向いた。

幼い頃に住んでいたのと同じところだと気づいたのは、小さい頃に母を待ちわびた稲荷がそこにあったからだ。

「あれから引っ越してもいなかったんだ」

そして、通りすがりの人に問うた。

「千吉とお稲の夫婦が、この辺りで焼け死んだって聞いて……」

すると、ああ、と知っている風だった。

「足の悪いご亭主とおかみさんね。ご亭主を担いで逃げ遅れてね」

娘がいるとは聞いていなかったという。

「昔から住んでいる人は、大抵引っ越しちまって。あの千吉さん夫婦が古参だったんだ」

父が娘のことを話したのは、金貸しだけだった。そして、母は思い出話の一つも近所の人とは交わしていなかった。今更、何を期待していたわけではないが、ああそうか、と思った。

あの夫婦は、二人だけでぐるぐると堂々巡りをしながら、泥の中を這(は)うように生きていたんだと思った。

教えられた近くの寺には墓はなく、ただ火事で亡くなった者のための碑があった。お仙はそこに線香を手向け、手を合わせて帰って来た。

「とうとう天涯孤独になったんだ……」

誰にともなく呟いた。今までだってそうだったのに、何となく、骨身にしみてそう思った。

「その頃さ。駿河屋の旦那に会ったのは」

お仙は、ふと口の端に笑みを浮かべた。

これまで、粋で気風（きっぷ）がよくて、芯の通った辰巳芸者として、自分を貫いて来たつもりだった。負けないように、挫（くじ）けないように。でも気負っていたものが崩れたような気がした。酒に酔いやすくなり、舞を二度も間違えた。

「気にしなさんな。十分、上手いよ」

褒めて許してくれたのが、駿河屋惣兵衛だった。

「はじめのうちは、あまりにも屈託なく笑うのに、何だか苛立（いらだ）ってね」

大事に育てられて、かしずかれて生きて来た人というのは、こんなにも暢気（のんき）なものかと思った。でも、金回りのいい上客だ。逃してなるものかと、贔屓になってもらった。

しかし次第に、その人となりが優しくて、柔らかくて、温かいということを知った。

「好いたとか、惚れたとかっていうんじゃない。ただ、一緒にいると気楽でね」

やがて落籍してくれると言った。はじめはどうしたものかと思ったが、女将が言った。

「それもいいじゃないさ。もしも上手くいかなかったら、いつでも戻っておいで」

また、置屋に戻って三味線の師匠でもしながら、若い子を育てていくのだっていい。女将さんのような頼りになる女になってみたいと、そう思うこともあった。

「それなのに、ややこができちまってね」

お仙は、ふうっと深いため息をつきながら、自分の腹をゆっくりと撫でさする。その手は愛しく大切なものを抱えるように見える。しかし、表情は裏腹に、眉を寄せる。

「おっ母さんになんて、なりたかなかった」

それは、お仙の心底からの声に聞こえた。手と、顔と、まるで不釣り合いなのだ。

「……お母様が、今も憎いですか」

こんなことを聞いていいのかと思いながら、千鶴は問いかける。すると、お仙は再び、ぐっと眉を寄せ、目を閉じて、首を横に振る。

「憎いならいい。いっそ、その方がいいんだ。でもね、こうして死なれて、会えなくなると……小さなことが思い出されるのさ」

まだ父が達者な大工だった時、母と二人で八幡様に詣でたことがあった。そのお社では、父が忙しなく働いていた。母はその父に弁当を届けに行ったのだ。

「ほら、見てごらん。これはお父つぁんが建てたんだ」

父の誇らしげな声と、母の嬉しそうな顔が思い出される。

そして、その帰り道。飴を買ってもらった。嬉しくてはしゃいで走っていたら、転んで飴を落としてしまった。

「ほら、走るからでしょう。大丈夫かい」

母は、案じながら、擦りむいたお仙の膝を手ぬぐいで一生懸命に拭った。そして、泣いている頬を両手で挟んだ。

「ほら、もう泣かない」

そう言って微笑みかけた双眸。

「その時の手のぬくもりと優しい眼差しが、ずっと頭の片隅に残っている」

そして、お仙は苦いものでも飲み込むように、ぐっと喉に力を込めた。

「その思い出がなければ、私はもっと、楽になれるんだ」

そこまで言って、胸元をぐっと押さえながら、深い深い吐息をした。そして、顔を上げると、作ったようなきれいな笑顔を千鶴に向ける。

「すまないね、何だかおかしな話になっちまって。お前さん、あんまり大人しく話を聞くから、私は余計なことまでしゃべっちまった」

ははは、と笑う。

「いいさ、適当にお描き。昔話を聞いてもらったお礼に、気に入った、おっ母さんにそっくりだって言ってやるから」

お仙は、努めて軽い口調で言った。

四

千鶴は、その夜、帰ってからもずっと、手にした画帳と睨み合っていた。

「何をそんなに怖い顔をしているんだい」

師匠である鶴翁の妻、加乃が声を掛けて来た。

「おかみさん」

千鶴が言うと、加乃は渋い顔をする。

「小さい頃は、かかさまと呼んでくれたのに」

千鶴は親の顔を覚えていない。物心ついた時には、鶴翁と加乃の元で育っていた。二人には子がなかったから、加乃のことを真の母だと思っていた。そしてそれを微塵も疑うこともないほどに、加乃は千鶴を慈しんで育ててくれた。

「駿河屋さんのお仙さんは、お母様のことを思い出すのがお辛いようでした」

千鶴は、今日、お仙から聞いた話を、かいつまんで訥々と加乃に話した。加乃は暫く黙って聞いてから、うーん、と一つ唸った。

「憎いだけならいい。でも、愛しさもある。だからこそ、切った縁の痛みが、ずっとお仙さんの胸の内で疼いているんだろうね……」

「切った縁の痛み……」

優しかった母の思い出を、愛しそうに話していたのに、それがあるばかりに辛いという。

「おっ母さんになんて、なりたかなかった」

お仙にとって、おっ母さんの最後の面影は、金を持って、去って行った姿だった。そんな風になりたくないと、自らを固く戒めて今まで歩んできたんだろう。

「この顔は、何の話をしていた時だい」

加乃は、お仙の一つの顔を指さす。そこには、凛と前を向くお仙の強い目がある。

「これは、置屋の女将さんの話をしていた時です。お仙さんの憧れの方です」

「道理で……これも、母を思う顔なのかもしれない」

確かに、お仙が十になるかならぬうちから、一流の芸者になるまで育て上げた。お仙はこの女将の話をする時は、その眼差しに強さと敬慕が込められていた。こういう人になりたいという憧れが、お仙の中に宿っていた気がする。

「おっ母さんを描こうと思わなくてもいいんじゃないかい」

加乃は千鶴に問いかける。

「でも……駿河屋さんは、お仙さんのおっ母さんを描いてやってくれって……」

「お仙さんはそんなものは欲しくないんだろう」

旦那のことを、おめでたい人だと言っていた。でも一方で、優しくて、柔らかくて、温かいとも言っていた。

「駿河屋さんのお望みは、お仙さんの心持が穏やかになることさ。それは必ずしも、おっ母さんの似絵を見ることじゃない。お仙さんの中にある、お仙さんがなりたいおっ母さんを描いてみたらいいんじゃないかい」

そして加乃は、画帳をじっと見つめる。

「ほら、お仙さんの中には、こんなに色んな思いがあるって分かったんだ。それが見えた千鶴だから描けるものがあるはずだよ」

お仙が千鶴に向かって語っている間、見せていたのは、気難しい顔と、辛い顔、悲しい顔が多かった。でも、時折、ふわりと温かく千鶴を気遣いもし、置屋の女将さんを語る時には柔らかくもなる。そして、子どもの頃の八幡様に行った話は、遠く焦がれるようでもあった。

「お仙さんの中の母……」

千鶴は、改めて真っ白い紙を広げる。

そして、暫くの間、目を閉じていた。脳裏に過るお仙の顔をもう一度、よくよく振り返り、そして筆を手に取った。

十日の後。その日はよく晴れていた。

「また、群青に、胡粉の白」

千鶴は、ふふふ、と笑みをこぼす。最初に根津にお仙を訪ねたのと同じような陽気だった。こんな良い天気なら、お仙もきっと頭が痛くはならないだろう。根津の屋敷で出迎えたのは、女中のお梅だった。

「おや、暫く便りを寄越さないから、諦めたかと思ったら。来たのかい」

「今日は、お仙さんもご機嫌がいいかと思って」

よく分かったね、とお梅は千鶴を招き入れた。

お仙は、縁側に腰かけて、ゆったりと空を眺めていた。

「また来たのかい。女絵師さん」

揶揄うように言う。千鶴は、手にしていた筒をついと差し出した。

「これを……お仙さんにご覧いただいて、もし差し支えなければ、駿河屋の旦那様にもご覧いただこうかと」

お仙は、大きなおなかを抱えながら、千鶴に向かって手を伸ばして筒を取る。そして、中に入っている絵を広げた。

そこには、赤子を抱く一人の女の姿が描かれていた。その眼差しは温かく、首から肩先にかけては柔らかい光を纏(まと)っているように見えた。お仙は、何も言わず、問いたげに千鶴を見た。

千鶴は小さく肩を竦める。

「お仙さんのお母様のお顔……ではありません」

「ああ……これは、私……かい」

顔かたちが、自らに似ているということに、お仙は気づいた。しかし、見慣れぬものを見たように、しみじみとその絵を眺める。

「私は、こんな顔をしていたのかい」

「はい」

答えてから、千鶴は黙った。そして、膝の上においた手で、ぎゅっと拳を握ると、顔を上げた。

「私には、母がおりません。幼い頃に亡くし、その後は、師匠のおかみさんが母代わりとなって育てて下さいました。だから、母の絵と言われた時、真(まこと)を申しますと、少々、困ったな……と思ったのでございます。私には母がどのようなものか分からないので……」

世の人が言う、慈しみ深く優しい母の姿に、千鶴は憧れていた。加乃はまさに慈母の如くに育ててくれたが、実の母というのは、どんな人であったのかと、思い巡らすことがないと言えば嘘になる。

しかし、一口に母と言っても、お仙の母、お稲のような人もいる。そんな母をもったことを不幸だと憐れむことはお仙に対して失礼だと思う。だが、お仙の心の中にもまた、千鶴と同じように、「世の人が言う慈母」への憧れがあるからこそ、空回る思いがあるようにも見えた。

「だから、お仙さんのお話を聞きながら、母とは……母の顔とは何だろうと、ずっと考えておりました」

そして、お仙をひたと見据える。

「私はこの度、お仙さんのお母様の似絵を描くことを諦めました。それよりももっと、お仙さんの中にある母の顔を描きたいと思った。それは、生まれて来る幼子が、この人を頼り、信じていればいいと思えるお顔。それはお話しされている中で、いくらも見えていました」

「話している中で……」

千鶴は、はい、と頷いた。

「お仙さんは、幼い日の温かいおっ母さんをご存知です。そして、芸者に育て上げて下さった女将さんをご存知です。また、ご自身も若い芸者たちを教え導いて来られた。実のおっ母さんだけが、今のお仙さんの中にいるのではない。ここまで歩んでこられた全部。そのお顔にあると思えたんです」

お仙は己の手で、顔を確かめるように触れる。そしてぐっと唇を噛みしめて、ふと天を仰ぎ、改めて千鶴を見た。

「私は……母を捨てた不孝者だよ。そして、そのまま死なせちまった罰当たりだ。それでも、母になれるのかね」

問うともなく呟く。千鶴は、はい、と頷いた。

「私には、この御姿が見えたので」

お仙は、今度は絵の中の顔に、そっと指を伸ばして触れた。そして、何度も確かめるように頷いた。

「……ありがとうね」

ふわりと柔らかい笑みを見せた。

やがて冬が訪れ、月満ちて産まれたお仙の子は女の子であった。ほぼ時を同じくして、駿河屋では先妻の娘が婿を取り、御店の跡取りの問題が片付いた。これを機に駿河屋惣兵衛は、「お仙を後妻に」と、母や娘たちを説得しているらしい。まだまだ歓迎とまではいかないが、少しずつ態度は軟化しており、お仙は時折、幼い娘を連れて本宅にも訪ねることがあるという。

駿河屋を訪ねた加乃が見かけたお仙の顔立ちは、千鶴の描いた絵の通り、穏やかで優しかったらしい。

「いい仕事をしたね」

鶴翁と加乃に言われ、千鶴はほっと胸を撫でおろす。

空は高く、そこには紅葉が映える。

「朱を買いに行かないと……」

千鶴は足早に日本橋の通りを走って行った。

なんてん

坂井希久子

坂井希久子（さかい・きくこ）
一九七七年和歌山県生まれ。二〇〇八年に「虫のいどころ」でオール讀物新人賞、一七年に『ほかほか蕗ご飯　居酒屋ぜんや』で歴史時代作家クラブ賞新人賞を受賞。著書に『泣いたらアカンで通天閣』『若旦那のひざまくら』『愛と追憶の泥濘（ぬかるみ）』『妻の終活』『何年、生きても』『雨の日は、一回休み』『たそがれ大食堂』『セクシャル・ルールズ』『華ざかりの三重奏（テルツェット）』、「居酒屋ぜんや」「花暦　居酒屋ぜんや」「江戸彩り見立て帖」シリーズなど。

一

目が覚めたときからなんとなく、体がだるい。

正月の疲れがじわじわと、溜まってきた頃合いか。年末年始は書き入れどき。お座敷からお座敷へと、飛び回るのが例年のならいとなっている。

若いころはこれしきのこと、屁でもなかったのにねぇ。

火鉢にかけた鉄瓶を取り、茶渋の浮いた湯呑みに白湯を注ぐ。その中に梅干しを沈め、箸でつつき回してからひと口啜った。

「ふぅ」と、思わず吐息が洩れてしまう。

疲れを感じたときは、これにかぎる。小間切れになった梅の果肉から酸味と風味が滲み出て、胃の腑をじわりと温めてくれる。ちょっとした風邪くらいならこれを飲んで寝ておけば治るから、勝手に「医者いらず」と名づけていた。

寝ついたところで、世話をしてくれる人もなし。四畳半一間の侘び住まい。この体だけが頼りである。

だけどそろそろ、潮時かねぇ。

もう一度吐息を洩らしたところで、入り口の腰高障子を叩く音がした。続けて「ぽん太姐さん」と、子供の声で名を呼ばれた。

声変わりにはほど遠い男の子の声に、喉の奥がきゅっと引き絞られる。それでもなに食わぬ顔をして、肩に掛けた半纏に腕を通しながら戸口に立った。

「なんだえ」

障子を開けてみると、そこに立っていたのは案の定、同じ裏店に住む姉弟である。おりょうと平太。先ほど声を張ったのは、弟の平太のほうだ。

「あのこれ、うちのおっ母さんから」

姉のおりょうがはにかみながら、小振りの土鍋を差し出してくる。蓋を取って、中身を見せてくれた。

まだ温かいようで、湯気が立っている。とろりとしたそれは、小豆粥だ。

「ありがとう。そういや今日は、小正月だね」

またの名を、女正月ともいう。年の暮れからずっと忙しく立ち働いてきた女たちが、ようやく骨を休める日。しかし芸者稼業の身では、そうも言っていられない。一月いっぱいは休みなく、お座敷の「お約束」が入っている。

「おっ母さんは、もう仕事に行ったのかい？」

「うん、ついさっき出てった」

　小正月にのんびりしていられないのは、貧乏長屋のおかみさんたちもご同様。おりょうたちの母は良人と死に別れ、一膳飯屋で働きながら一男一女を養っている。暮らしに余裕はないはずだが、まるで菩薩の生まれ変わりのように、こうして周りの者を気遣ってくれる。

「いつもすまないね。そうだ、昨日客から落雁をもらったんだ。持ってお行き」

　土鍋をありがたく受け取ってから、水屋簞笥の戸を開ける。油紙に包んでおいた落雁は、正月の供え物のお下がりだろう。大人の男の手のひらほどもある大きさで、赤い鯛が模られている。

「わぁ」と、平太が素直に顔を輝かす。

「悪いわ、こんな立派なの」

　おりょうは年長らしく、遠慮する素振りをみせた。だが眼差しは縫い止められたように、落雁の上に注がれている。

「いいんだよ。どうせ一人じゃ持て余しちまうからね」

　どのみち長屋の子供たちに、くれてやろうと思っていた。我慢できずに手を伸ばしてきた平太に、油紙の包みを持たせてやる。ついこの間まで芥子坊主だったのに、前髪を伸ばしはじめたらしい。額の上にしょぼしょぼと毛が生えている頭を、撫でくり回しながら問いかけた。

「よしよし。この正月で、いくつになった？」

「八つ。姉ちゃんは十三！」

元気いっぱいに答えた平太の、下の歯が一本欠けている。ちょうど生え替わるころなのだろう。健やかな成長が眩しいほどだ。

「あっ、お小夜ちゃんだ。おーい！」

真向かいの部屋の戸が開き、おりょうと同じ年ごろの女の子が飛び出てきた。いかにも急いでいる様子なのに、平太は構わず大きく手を振る。

「遊ばないわよ！」

誘う前から断られても、にこにこと笑っているから大したものだ。ちっとも相手にされていないが、平太はお小夜が大好きらしい。

「お小夜ちゃん、お父つぁんを追いかけるの。昨日仕入れといた品物を、持たずに出かけちゃったみたいで」

「ああ、そりゃあ大変だ」

小正月ならば、女の財布の紐も緩むはず。それを見越して仕入れておいた品を、行商箪笥に入れ忘れたようだ。

お小夜はまだ幼いながら、小間物に関してはなかなかの目利きである。元は日本橋の大店の娘だったが、落ちぶれた父親を助けて生き生きと働いている。この子にはおそらく、商いの才がある。

「ぽん太姐さんは、なにか入り用なものはある？」

「そうさねぇ、そろそろ春めいた感じの煙草入れがほしいかねぇ」

「分かった、いくつか見繕っとく」

朗らかな笑顔を見せて、お小夜が下駄の音も高らかに出かけてゆく。その姿を見送って、はたと気づいた。お小夜の去って行った後に、おりょうが追いすがるような眼差しを向けていた。

「どうしたんだい？」

尋ねると、おりょうはハッとして首を横に振った。

「ううん、なんでもない。ぽん太姐さん、お菓子をありがとう」

「ありがとう！」

「はいはい、たんとおあがり」

二人の部屋は、お小夜の三軒隣だ。すぐそこだが中に入るまで、戸口に立ったまま見守った。

ぽん太姐さん。ここ深川蛤町(はまぐりちょう)界隈では、その芸名で通している。粋で俠(きゃん)な辰巳(たつみ)芸者は、男のような名を名乗る。まことの名を知っているのは、裏店の大家くらいのものだろう。

吹く風が冷たくて、亀のように首を縮める。今日はずいぶんと寒いようだ。震える息を吐きながら、中に引っ込もうとする。

とその前に、すぐ隣の部屋の戸ががたぴしと開いた。

「ああ、どうもぽん太さん」

ぺこりと頭を下げたのは、隣に住む廻(まわ)り髪結(かみゆい)の源七(げんしち)である。これから仕事に出るのだろう、七つ道具の入った鬢盥(びんだらい)を手に提げている。

「今日は、どうしやしょう」

「ああ、そういやそうだね」

問われたとたん、つぶし島田に結った頭にピリリと痒(かゆ)みが走った。この寒さでは億(おっ)劫(くう)極まりないが、どうせ明日も明後日(あさって)も寒いだろう。面倒がっていてもしょうがない。

「じゃあ、お願いしようかね。暮れ六つ（午後六時）のお座敷に間に合うように来ておくれ」

「へい、では後ほど」

もう一度頭を下げて、源七もまた仕事に出かけてゆく。切り詰めた暮らしをしているらしく、うそ寒い背中をしている。まだ若く、余分な肉のつく歳ではないが、それにしても細すぎる。

落雁は、あの人にやればよかったねぇ。

と、ふいに思った。

毎月五のつく日には、髪を結い直すことにしている。

となればその前に、結い髪を解いて洗わねばならない。暑い夏なら家の前に盥を出して水で洗ってしまえばさっぱりするが、寒い時期にそれはつらい。

「おお、寒い」と震えながら、着物が濡れぬよう諸肌を脱ぐ。火鉢から離れると凍えてしまいそうだから、湯を張った盥は畳に置き、慎重に髪を洗う。

鬢付け油で固められた髪はまず、布海苔を湯に溶かしてうどん粉を混ぜ込んだものを揉み込み、油を落とす。これがなかなか落ちないから、肩周りがどんどん冷えてゆく。

布海苔がよく馴染んだら、盥の湯で洗い流す。一度では足りず、盥の中身を新しくしてまた濯ぐ。

女の長い髪は、洗うのもひと仕事。いつもはお座敷の前に三味線の師匠として出稽古を務めているが、五のつく日は休みとしている。

なにせ洗い終えた後の髪が、なかなか乾かない。今の季節はなおさらだ。手拭いで包んで絞っても、じとりと湿ったままだった。

源七は、夕七つ（午後四時）ごろに腰高障子を叩いて現れた。そのときもまだ、髪の芯は乾ききらずにひやりとしていた。

「少しくらい湿り気があったほうが、まとまりやすくていいですよ」

そう言いながら、よく手入れされた櫛で髪を梳く。洗うだけでも苦労するのに、髪は源七の手にはよく従う。黄楊の櫛が上下するごとに、さらりさらりと艶を増す。

彼が結う女髪は根がしっかりとして、寝返りを打っても崩れない。その根となる髪の束を元結で縛り、歯を使ってキリリと締め上げる。顔つきは十人並みだが、この仕草には色気があると、鏡台の鏡越しにいつも思う。

「ぽん太さん、ちょいと失礼」

「なんだい。あ、痛っ」

右の生え際に、ぷつりと痛みが走った。

「すいやせん」と謝りながら、源七が己の懐に右手を差し入れようとする。

「いいよ、隠さなくて。見せてみな」

手のひらを出してやると、戸惑いながらも今抜いたものを置いた。薄暗い室内で鈍く光るのは、一本の白髪である。

「嫌だねぇ、こんなものまで出てきちまったか」

「早い人なら、二十歳前でも出るもんです」

「アタシの場合は、歳相応さ。いい加減、芸者も潮時だよ」

年が明け、ついに二十九になった。芸者としては歳を二つほどごまかしているが、それでも年増に違いない。三味線の腕を買われてお座敷は途切れずあるものの、十九、二十歳の妓たちからはお局のように扱われ、近ごろ居心地が悪かった。

年増がいつまでも居座ってちゃ、お座敷の風通しだって悪い。今年のうちにすっぱりと辞めて、三味線の出稽古一本で生きようか。

ここ数年そう思いつつ、いまひとつ踏みきれなかったのは、芸者の稼ぎがないと弟子の選り好みができなくなるからだ。

今のところ弟子は、将来三味線で身を立てたいとか、そうでなくとも音曲が好きでたまらないという子女に限っている。しかし芸者を辞めたなら、女師匠と艶っぽい仲になりたがる不届き者まで受けつけないと、食っていけない。己の性格上、そんな欲まみれの爺ィどもには拳骨を食らわしてしまいそうだった。

だけどもう、四の五の言っていられない。三十路を過ぎても左褄を取っていたんじゃ、お笑い種だ。体も疲れやすくなってきたことだし、ここいらで覚悟を決めねばならぬ。

「実はアッシも、廻り髪結を辞めるんです」

「ええっ、なんだって」

「やっと金が、貯まりやして」

源七が切りだした言葉に、ドキリとしたのも束の間。それならばめでたいことだと、胸を撫で下ろす。

「そうかい、髪結床の株を買うんだね」

「へぇ、お陰様で」

髪結床には辻に床を構える出床と、町内に家を借りて店を出す内床があり、どちらにせよ髪結株を買う必要がある。そのために源七は、食うべきものも食わずに暮らしを切り詰めてきた。いずれ自分の床を持ちたいという念願が、ようやっと叶うわけだ。

「だったら、ご祝儀をあげないといけないね」

「お気持ちだけで。あの、それよりも――」

左の鬢を形作っている源七の指が、耳をかすめる。その指先になにか熱いものを感じ、とっさに膝元に置いてあった煙管入れを手に取った。

「そうだひとまず、これをあげよう」

お小夜が以前見立ててくれた、南天柄の煙草入れだ。女物だが生地の色が渋いから、源七が持ち歩いてもおかしくはない。

「南天は、難を転じるというからね」

朱羅宇の煙管を抜いて、入れ物だけをそっと押しやる。源七の手は鬢付け油にまみれているはずだから、畳の上を滑らせた。

「ありがとうございやす。その、ぽん太さん――」

「髪が結い上がったら、小豆粥をよばれないかい。さっき、おりょうと平太が持ってきてくれたんだよ」

一度ならず二度までも言いかけた言葉を遮られ、源七はついに口を噤む。その話は聞きたくないという、胸の内が伝わったようだ。

寡黙になって手を動かし続ける源七に、すまないねと密かに詫びる。髪が結い上がってから二人で食べた小豆粥は、江戸のならいとはいえ甘すぎた。

二

どうも冷えると思ったら、翌日は雪になった。

体は相変わらずだるく、火鉢を抱えてうたた寝をしたいくらいだが、だらけている場合ではない。今日は浅草界隈に用がある。

たっぷりと重ね着をして御高祖頭巾（おこそずきん）を被（かぶ）り、積もりはじめた雪をさくさくと踏んでゆく。

十六日は藪入り（やぶいり）とて、休みをもらった商家の小僧がそこかしこで雪だるまを作り、また雪玉を投げ合うなどして遊んでいる。甲高い笑い声が、牡丹雪（ぼたんゆき）に吸い込まれもせず町中に響き渡っていた。

傘も差さずに、元気なことだ。

子供というのは、寒さを感じないのだろうか。己が身を振り返ってみれば、十三か十四ごろまでは、寒いとか暑いとか考えたこともなかった気がする。

だったらあの子も、寒さなど感じていないといいけれど。

祈りにも似た思いを胸に畳み、浅草寺（せんそうじ）近くの仏具屋で線香の束を買い求める。目指す先は東浅草の小さな寺だ。境内の墓地の、戒名もなにもない丸い石の前にうずくまる。

線香には、本堂の前の蠟燭から火を移しておいた。石に降り積もる雪を手で払い、ざりざりとした表面を撫でる。

手のひらはたちまち真っ赤に染まり、冷たさが痛みとなって、骨にまで染みてくるようだった。

寒さのあまり途中で饂飩を啜ってから、とぼとぼと蛤町まで戻ってきた。足駄を履いた爪先は、とっくに感覚を失っている。饂飩で温まったはずの体もすぐに冷え、胴震いが治まらない。

それなのに御高祖頭巾の中は吐き出した息で蒸れ、首回りがやけに暑かった。

ずしんずしんと、地響きがする。その音と振動で、無事に帰り着いたことを知る。

裏店の木戸の脇には大家の住む家があり、稼業は搗米屋だ。ここに越してきたばかりのころはこの音がうるさくてたまらなかったのに、えらいもので、もうすっかり慣れてしまった。

店の前を均すため、おかみのお力が木の雪掻を手に外に出てきた。愛想に欠ける長身の女だが、実は世話好きなのを知っている。

「ご苦労だね。こんな雪の日にもお参りかい」

皺深い顔でにこりともせずそう言うから、まるで文句をつけられているかのようだ。

お力のことも、はじめのころは恐かった。

「月命日なんでね、外せないよ」

雨だろうと風が吹こうと、毎月十六日には欠かさず墓に参ってきた。指折り数えてみるとすでに七年。だからお力にもすぐに、お参り帰りと言い当てられた。

「これからまた出稽古かい」

「いいや、お座敷まではゆっくりするよ」

「ならよかった、寄ってきな。話があるんだ」

「なんだい、あらたまって」

どうやら立ち話で済ませられるような、軽い中身ではないらしい。理由をつけて回避したいが、今しがた夜のお座敷までは暇だと言ったばかりだ。

これは腹をくくらなきゃ、しょうがない。

雪掻を戸口に立てかけ、お力が中に入ってゆく。仕方なく、その後へと続いた。

大家の徳兵衛とその息子が並んで足踏み式の杵を使っているのを眺めながら、座敷で勧められた炬燵に当たる。

凍りついたようだった爪先にじわじわと血の気が戻り、だんだん痒くなってくる。これは霜焼けができたかもしれない。

御高祖頭巾を取って、出された番茶を啜る。腹へと落ちてゆく温もりが、しみじみとありがたかった。

「アンタ、顔が赤くないかい」

「冷えのぼせだろう。アタシは手足が冷えやすいんだ」

湯呑みを両手で包み込み、ゆっくりと温める。それでもまだ、体の芯が震えている。家に帰ったらまた、「医者いらず」を作らねばと思う。

「近ごろどうも、疲れが抜けないよ。やっぱり歳かねぇ」

「なに言ってんだい、アタシより二十ほども若いくせに。子だってまだ、望めば授かれる歳じゃないか」

「ちょっと、お力さん」

顔が苦々しく歪んだのが、自分でも分かった。こんな話なら、聞きたくなかった。

「アンタの隣の源七さん、ついに髪結株を買うんだってさ」

「これを機にどうだい、アンタたち一緒になってみないかい」

「ああ、らしいね」

「あのねぇ」

ただでさえ体の具合が悪いというのに、頭まで痛くなってきた。こめかみを揉みながら、ため息を落とす。

「源七さんから、口添えを頼まれたのかい？」

思い起こすのは昨日の夕刻、なにかを言いかけて諦めた源七の、むすりとした顔つきだ。ちゃんと聞いてやらなかったものだから、ならばと大家に仲立ちを頼んだのだろう。

店子(たなこ)の縁を結ぶのもまた、大家の仕事。おかみのお力は源七のことをよく知っている。真面目で腕がよく、髪結床を持てば暮らしに困ることはなかろう。そう踏んで、話を持ちかけているのだ。

「アンタもそろそろ、芸者を引くと言っていたろう」

「そうだけどもさ。あの人まだ、若いじゃないか」

「二十六らしいね。でも姉女房なんか、珍しくもなんともないよ」

源七が親方の元から独り立ちして、この裏店に移ってきたのが三年前。そのころの印象が強いせいか、もっと若いと思っていた。芸者拵えをして出ようとすると、眩しげな眼差しを寄越してきて、「よければ頭をやらしてくれやせんか」と言ってきた。

髪を結う手がいつも熱くて、その熱に流されたいと思うことがなかったわけじゃない。けれども源七の純情を、自分のような女が弄んではいけないことも分かっていた。

十日に一度、ただ髪を結ってもらうだけの仲。それより先が、あろうはずもない。

「アタシは誰とも一緒になる気がないし、子などほしいとも思わないよ」

「そんな強情を張らなくても。もうちょっと考えてみりゃいいじゃないか」

「強情でけっこう。考えるまでもありゃしねぇ」

脱いだ御高祖頭巾を握りしめ、話はこれで終わりと立ち上がる。

お力は強く引き留めようとはしなかった。その代わり、哀れむような眼差しを投げかけてくる。

「ねぇアンタ、いつまでも過去にとらわれてちゃいけないよ」

大きなお世話だ。とっさにそう言い返しそうになり、声を呑み込む。世話になっているお力相手に、ぶつけていい言葉ではなかった。

ふうと大きく息をついてから、おどけたように肩をすくめる。道化たふりでもしなきゃ、やっていられない。

「すみませんね。アタシにゃ、心に決めた男がいるもんで。源七さんにも、そう伝えてくださいな」

ずしん、ずしん。二人の会話を外に洩らすまいとするように、杵の音が鳴り続けている。

お力がなにか言った気がしたが、構わずに足駄をつっかけた。

濡れた鼻緒がひやりとして、温まりかけていた爪先から、すっと熱が逃げていった。

裏店の木戸を通り、溝板を踏んで己の部屋へと向かう。

雪が積もった井戸端は、子供たちの格好の遊び場となっていた。

特大の雪だるまを作ろうとしているようで、男の子たちが三人がかりで大きな雪玉を転がしている。足元が滑るのか下駄を脱ぎ捨てて裸足になっており、見ているだけでも寒気がする。小さい子たちは雪を撥ね上げて走り回り、町ぐるみで世話をしている子犬までが楽しそうだ。

年嵩の女の子たちは隅のほうに固まって、しゃがんでなにかを拵えている。その中に混じっていたおりょうが、こちらに気づいて手を振った。

「お帰りなさい、ぽん太姐さん」

「えっ、ぽん太姐さん？」

夢中になって子犬とじゃれ合っていた平太が、ひょっこりと顔を上げる。おりょうを急(せ)かし、二人揃(そろ)って駆け寄ってきた。

「ほら、見て！」

姉が持っていた杉板を横から奪い、平太がそれを掲げて見せる。

なにかの端材らしい板に載せられていたのは、雪兎(ゆきうさぎ)だった。縦に長い楪(ゆずりは)の葉を耳とし、目は南天の赤い実である。

赤いつぶらな眼(まなこ)に見上げられ、思わず知らず笑みが零(こぼ)れた。

「ああ、これは可愛いね」

「あげる！」

「いいのかい？」

「うん、たくさん作ったから」

己の言いたいことを言ってしまうと、平太はまた子犬を追いかけて走りだす。ひと所に留(とど)まっていられぬその瑞々(みずみず)しさに、なんだか涙が出そうになった。

しかしまだ、おりょうが傍らに残っている。ゆっくりと瞬きをして、涙の気配を追い払う。

「あのね、ぽん太姐さん。ちょっと、お願いがあるんだけど」

いつもはきはきと喋る子なのに、妙に歯切れがわるい。もじもじとして、おりょうはなかなかその先を続けようとはしなかった。

屋内に持ち込むと、雪兎はすぐに溶けてしまうだろう。杉板ごとそっと戸口に置き、腰高障子を引き開ける。

「寄ってくかい？」

尋ねると、おりょうは軽い逡巡を見せたのちに頷いた。

火箸を手にし、火鉢の灰から埋み火を掻き起こす。

炭がぽっと火を噴いて赤く染まるのを見届けてから、五徳を置いて鉄瓶をかける。

湯が沸くのを待つ間、おりょうはひと言も喋らなかった。

「ほら、お飲み」

梅干しを落とした「医者いらず」を作り、湯呑みを膝元に置いてやる。

おりょうは歳のわりに、体格がいい。その堂々たる肩が、緊張ゆえか窄まっている。

熱い湯をひと口啜ると、わずかに肩の位置が下がった。

「それで、どうしたんだい」

体が温まるにつれ、重い口を開く気になったようだ。促すと、おりょうはきりりとした一皮目をまっすぐに向けてきた。

「三味線を、教えてほしいの」

「ほほう」

これはまた、どういった了簡だろう。

女手一つのおりょうの家には、嫁入り修業として娘に音曲を習わせる余裕などないはずだ。それでも教わりたいというのなら、なにかわけがあるのだろう。

「なんでまた」

「私、芸者になりたいの」

少しも間を置かずに問い返す。おりょうはたじろぎつつも、決して目を逸らそうとはしなかった。

「おっ母さんに、楽させてあげたくて」

「そのおっ母さんは、アンタが芸者になることを了解してるのかい」

おりょうの眉根が、真ん中にぐっと寄る。

答えなくても分かる。母親には、なにも言っていないのだ。

やれやれと呆れつつ、懐から煙草入れを引っ張り出す。南天柄のものは源七にあげてしまったから、季節外れの萩柄だ。

煙管に刻みを詰め、火鉢の炭から火を移す。そっぽを向いてふぅと煙を吐いてから、わざと片頬を歪ませた。

「お話にならないね。三味線を教えるといっても、無料ってわけにゃいかないんだ。その銭を、おっ母さんに内緒でどう工面するつもりなんだい」

おりょうはついに、悔しげにうつむいた。膝の上に揃えた手で、着物をぎゅっと握り込む。

おっ母さんの助けになりたい。その真心は買ってもいいが、しょせんは肩上げも取れぬ小娘の浅知恵だ。心底芸者になりたいと思っているならともかく、家計の足しにするためならば、他にも稼ぐ手立てはある。

「どうした。なにをそんなに、焦ってんだい」

幾許か、口調を和らげて問うてみる。

おりょうたちの母であるお福は、働くのが好きな女だ。たまに一膳飯屋に食べに行くと、実に生き生きと給仕をしている。体つきもがっしりとして、見るからに壮健である。そりゃあ親子三人で暮らしてゆくのがやっとかもしれないが、悲愴な感じはしなかった。

もしかすると、娘であるおりょうにしか気づけない問題があるのだろうか。答えを待っているうちに、だんだん心配になってくる。

やがておりょうは拗ねたように、唇を尖らせた。

「だって一つ上のお小夜ちゃんはもう、お父つぁんの商いを助けてるんだもの」

小間物の行商をしているお小夜の父は、乳母日傘で育ったのほほんとした男だ。お小夜が仕入れに関わるようになるまでは、品物はちっとも売れなかった。店賃も払えぬほどだったあの父娘の暮らし向きが変わったのは、ほとんどお小夜の手柄である。

「もしかしてアンタ、お小夜ちゃんと張り合おうってのかい」

負けん気の強い者同士、おりょうとお小夜はしょっちゅう喧嘩をしている。でもまさかこんなにも、意地になっているとは思わなかった。

「張り合うっていうか、お小夜ちゃんに比べて私はなにもできていないから、情けなくなっただけ」

きまりが悪いらしく、おりょうは独り言のようにぼそぼそと喋る。

つまりお小夜に商いの才があるのなら、自分にもなにかあるのではと期待したのだ。その才覚を役立てて、周りから一目置かれたいという思いもあったろう。

「なるほど、それで芸者ねぇ」

煙草が旨く感じられず、ひと口吸っただけの灰を火鉢に落とす。芸者稼業だってそんなもの。日によってはひどく苦く、後々まで口の中に残り続ける出来事もある。

胸の内を打ち明けたおりょうの顔は、耳まで赤い。喋るうちに、我が身の浅ましさに気づいたらしい。人と己を比べたって、足りぬところが目につくだけだ。

「アンタはちゃんと、自分にできることをしてると思うけどねぇ」

そう言ってやると、おりょうは弾かれたように顔を上げた。「なにを?」と、眼差しだけで問いかけてくる。

「甲斐甲斐しく、平太の面倒を見てるじゃないか。そのお陰でおっ母さんは、安心して外で働けてるんだよ」

「なんだ、そんなこと」

「軽々しく捉えちゃいけない。家の中を守るのも、立派な仕事さ」

お福が連れ合いを亡くしたのは、四年ほど前のこと。おりょうが子守りを引き受けなければ、幼かった平太を残して働きに出ることはできなかったはずである。

銭を稼いでくることだけが、お福の助けになるわけじゃない。おりょうは今のままでも充分、役に立っている。

「そうなのかな」

「一度とっくり、おっ母さんと話し合ってみな。それでもまだ芸者になりたいという思いが残ったなら、言ってくるといい。出世払いで嫌になるほど鍛えてやるよ」

まだ納得がいっていない様子ながら、おりょうはひとまず頷いた。どのみち一人で考えても、答えが出る話じゃない。

「分かった、そうしてみる。ありがとう、ぽん太姐さん」

さっきよりはいくぶんすっきりした顔をして、おりょうが子供たちとの遊びに戻ってゆく。その弾むような足取りを、火鉢に寄りかかったまま見送った。

「やれやれ、出世払いだとさ」

腰高障子が閉まってから、小さく独り言つ。

我ながら、商売っけがなくて嫌になる。

三

粋人というのは雪が降ったの月が出たのと、なにかと理由をつけて飲みたがる。

この寒い中、料理屋の庭に面した障子を開けさせて、行灯の明かりで雪見酒と洒落込んだのは材木問屋のご隠居だ。年増芸者としての配慮で火鉢の傍らに座るご隠居から一番離れたところにいたせいで、いよいよ体の調子が狂ってしまった。料理屋の前で同輩たちと別れたとたんに、頭がずんと重くなる。通りの端にうずくまりたいくらいだが、どこもかしこも雪が泥濘を作っていた。高価な紋付きを汚すわけにいかないから、己を励まし歩きだす。

ふらりふらりと、足元が覚束ない。歯の高い足駄を履いていては危なっかしく、迷った末に脱ぐことにした。

冬でも足袋を履かないのが、辰巳芸者の心意気。ずぶりずぶりと裸足で雪の中をゆくうちに、足首から下が消えたように、痛みも冷たさも感じられなくなってしまった。しんと冷えた夜のしじまに、夜四つ（午後十時）の鐘が響き渡る。永代寺門前の料理屋から蛤町までが、やけに遠い。こんな近間で行き倒れては、笑い話にもなりゃしない。

どうにかこうにか自室の前までたどり着くと、気力を奮い立たせていた糸がふつりと切れた。腰高障子を開けて、文字通り転がり込む。上がり口に身を伏せて、そのまま動けなくなってしまった。

さて、どうしたものか。朦朧とする頭で考えを巡らせる。人の手を借りたいが、三味線を運ぶ役目の箱屋は先に来て、荷物を置いて行ったようだ。誰かを呼びに行こうにも、足腰がすっかり萎えている。

せめて障子くらいは閉めないと、寒くってしょうがない。それなのに、瞼がとろりと落ちてくる。

このまま朝まで過ごしたら、死んでしまうかもしれない。だけどそれも、悪くない。だってあの子の傍に、行けるんだもの。

満ち足りたような気持ちで、ゆっくりと目を閉じる。畳の上に投げ出した手の指を、小さな手にきゅっと握られたような気がした。


キャッキャッと、赤子の笑う声がする。

腕の中にたしかな重みを感じ、目を落とすと、産着を身に着けた鶴松が頰に笑窪を浮かべていた。

ああこれは、幸せな夢だ。あるいはもう、極楽に来てしまったのだろうか。

鶴松の体を揺すって、あやしてやる。胸の内に温かなものがせり上がり、広がってゆく。

なんて可愛らしい子だろう。身の回りの調度も懐かしい。鶴松と束の間過ごした、今戸の家だ。このころが一番、幸せだった。

生家は貧乏子だくさんで、子供のころに吉原の芸者屋に売られ、二十歳の折に筆墨問屋の旦那に落籍された。もちろんご新造になどなれるはずもなく、妾として二間かぎりの小さな家を与えられ、そこに暮らすこととなった。

三十近くも歳が離れた旦那には、月々の手当以外になにも期するものはなかった。けれども腹に子を授かり、難産の末に産み落としたときには、なんと素晴らしいものを我が身にもたらしてくれたのだろうと、手を合わせて拝みたいほど感謝した。

眠る暇もなく乳をやり、己は窶れ果てたとしても、鶴松がふくふくと肥えてゆくのが喜びだった。どこもかしこも柔らかく、ほっぺたなどまるで羽二重餅のようで、ぺろりと食べてしまいたいほどだった。

あまりにも可愛すぎたせいで、神様もあの子を傍に置いておきたくなったのかもしれない。鶴松は、わずか六月でこの世を去った。

歯が生え始め、だんだんまとまって眠れるようにもなり、少しくらいなら目を離しても平気そうだった。だから鶴松が寝た隙に、ちくちくと針を動かしていた。

芸者が所帯じみちゃいけないと言われて育ったから、針仕事は大の苦手である。筆墨問屋の旦那もそのあたりのことは心得ており、たいていのものは仕立屋に頼んでくれたが、鶴松の産着の背守りくらいは、この手で縫ってやりたかった。

赤ん坊の一つ身の着物は、背中に縫い目がない。それでは背後から忍び込む魔を防ぐ「目」がないからと、親たちは魔除けのための縫い取りをする。

その模様は様々だ。たとえばすくすくと伸びてゆく麻の葉や、寒さに耐えて咲く梅の花、そして魔除けの意味がある籠目模様。ひと針ごとに、子の健やかな成長を祈る思いが縫い込まれている。

鶴松の背中には、赤い糸で小さな丸をいくつか縫い込んだ。旦那には「六文銭か」と笑われたが、難を転じる南天のつもりだった。枝や葉も縫い取ればそれらしく見えたのかもしれないが、そこまでの腕はなかった。

何枚かの産着に背守りを縫いつけて、ひと息ついたところで搔巻に包まる鶴松の顔を覗き込んだ。声も立てず、ずいぶんよく眠るものだと思っていた。だがそのときにはもう、鶴松は息をしていなかった。

さっきまで元気だった赤ん坊が、眠っている間にすっと息を引き取ってしまう。そういうことは珍しくもないと、医者は言う。そんな「珍しくもないこと」が、鶴松の身に降りかかるとは思ってもみなかった。

それから一年は、夜となく昼となく泣き暮らした。はじめのうちは旦那も一緒になって悲しんでくれたが、いつまでも嘆き続ける妾が鬱陶しくなったのか、しだいに訪れが減っていった。鶴松の一周忌が終わるころにはすっかり呆れ返っており、「子などまた作ればいい」と言い放った。

そのひと言が、どうしても許せなかった。再び子を儲けたところで、その子は決して鶴松ではない。あの子の代わりなど、いるはずがない。自らの腹を痛めることのない男に、なにが分かると憤った。

それ以上、今戸の家に閉じこもっていたら、気がおかしくなりそうだった。芸者に戻ろうと決めて暇乞いをし、河岸を変えてぽん太と名乗ることにした。あとは御多分に洩れず、伝手を頼ってこの蛤町に越してきたのである。

「鶴松」と、久方ぶりに名を呼んでみる。

つぶらな瞳を細くして、腕の中の鶴松はにっこりと笑う。母と分かるのか、丸っこい手を懸命に伸ばしてくるものだから、「なぁに」と顔を近づけた。

「あ、痛」

頰にぴしりと痛みが走る。鶴松に打たれたのだ。赤子の手とは思えぬ力強さに驚いた。

続いて逆の頰が打たれ、痛みに呻く。やめさせたいのに、どういうわけだか体を動かすことができない。

もう一度鋭い痛みを感じ、ハッと息を呑んで目を開けた。

「ぽん太さん！」

すぐ目の前に、人の顔が迫っていた。暗くてよく見えないが、声で分かる。源七だ。

腕の中に鶴松の重みはなく、あべこべに自分自身が源七に抱きかかえられていた。

「ああ、よかった。気がついた。こりゃあ、ひどい熱だ」

首元に源七の手が触れる。いつも指先が熱いのに、今はなぜだか冷たく感じる。

お力からはもう、断りの返事を聞いただろうか。だから源七の手は、こんなにも冷たいのか。

胸が苦しくて、ぜいぜいと息が切れる。心の臓が、はち切れそうなほど脈打っていた。

「悪いが、上がらせてもらいやすぜ」

ゆっくりと、源七の温もりが離れてゆく。名残惜しく、影にしか見えないその姿を目で追った。

どうやら手探りで、火鉢の火を搔き起こしている。埋み火がぽっと燃え、物の形が僅かに捉えられるようになった。

その明かりを頼りに源七が、枕屛風の向こうに重ねておいた夜具を引っ張り出す。手早く床を延べてから、再びこちらに向き直った。

「ええっと、すまねぇ！」

迷いを断ち切った指先が、帯にかかった。体への締めつけが、ふいに緩む。そのまま敷き布団の上に、そっと横たえられた。

「寒いのか？」と、問われて気づく。全身がひどく震えている。心の臓が脈打つたびに、冷たい水が吐き出されているかのようだ。

夜着を掛けられても、温かさを感じない。半纏を重ねてもまだ駄目だ。

源七が駆けだして、隣の部屋から己の夜着を抱えてきた。暗い中を手探りで掻き寄せてきたらしく、彼がよく着ている鰹縞の綿入れまで一緒くたになっている。枕元になにかが落ちたと思ったら、祝儀にあげた南天柄の煙草入れだった。

「ああ、鶴松」

その呟きが、声になったかどうかは分からない。薄明かりにも、赤い糸はよく映える。枝葉も丁寧に縫い取られ、誰が見ても立派な南天柄である。

「ちくしょう、まだ震えが治まらねぇ。待ってな、湯を沸かしてやる」

鼻先で、源七の寝間着の袖が翻る。思わず手を伸ばし、その端をぎゅっと摑んだ。

に任せて目を閉じた。

「行かないで」

ひどく寒いのに、顔だけが熱い。また冷えのぼせかと思いながら、瞼が落ちてくる

四

芸者屋の女将（おかみ）になにを言われたって、裁縫くらいは身につけておけばよかった。難を転じる南天の背守り。あれがうまく働かなかったのは、筆墨問屋の旦那に「六文銭か」と笑われたように、南天にはとても見えなかったからかもしれない。よりにもよって六文銭は、三途（さんず）の川の渡し賃。だからきっと鶴松は、眠っているうちに川を渡ってしまったのだ。

もっと上手に縫えていたら、あの子は死なずにすんだかもしれないのに。縫い取りも満足にできないおっ母さんでごめんよと、いくら詫びても詫び足りない。そもそも芸者として育った自分のような女が、子など儲けてはいけなかった。

許してくれとは、言わないよ。だからどうかお前のことを、もう一度だけ抱かせておくれ。

遠ざかってゆく温もりに、行かないでと縋りつく。ああ、あったかい。ずっとがらんどうだった胸の内に、ひたひたと湯が満ちてゆくようだ。

冷えの残る爪先を押しつけると、温もりがきゅっと挟み込んでくれる。痺れるような心地よさに、ずっとこのままでいたいと願う。

「いやぁ、まいった。今朝も冷えるねぇ」

「まったく、起きるのが辛くていけないよ」

「うちの水瓶、氷が張ってたんだけど。炭をけちりすぎたかね」

遠くから、長屋のおかみさんたちの声が聞こえてくる。井戸端に集まって、飯を炊く用意をしているのだ。もうすでに、夜が明けたらしい。

そろそろ起きなきゃいけないのに、目を覚ますのが惜しかった。あとしばらく、幸せな眠りを貪っていたい。そう思いつつ、傍らの温もりに頬ずりをする。

そしてはたと、目を開いた。これは久しく忘れていた、共寝の温もりだ。男の腕が体に回されて、その両足の間に、己の爪先がしっかりと挟み込まれている。

額に寝息がかかるのを感じ、おそるおそる顔を上げる。毛穴まではっきりと見えるほど、源七の寝顔が近くにあった。

　これはいったい、どうしたことだ。

　頭が追いつかず、ぼんやりと寝顔を眺める。視線を感じたのか、紫色の血管が浮いた瞼がぴくぴくと震えた。

　その目が開く前に、そっと身を離す。源七もまたごろりと仰向けに寝返りを打ち、「ううん」と呻いて正気づいた。

「ああ、起きやしたか」

　眠たげな眼を擦（こす）りながら、源七が身を起こす。夜具から出て、きまり悪そうに首の裏を掻いた。

「すいやせん。熱が高くて、ひどく震えていたもんで」

　少しずつ、昨夜（ゆうべ）の記憶が戻ってくる。そうだ自分はお座敷から帰ったとたん、上がり口に倒れ込んでしまったのだ。隣に住む源七は、物音に気づいて様子を見にきてくれたのだろう。

　夢と現（うつつ）の境目も分からぬままに、「行かないで」と縋りついたことまで思い出した。なんてことをしてしまったのか。頬がいっそう熱くなる。

「具合はどうです？」

額にひやりと手が置かれた。源七の手のひらが、まだ冷たく感じる。

「だいぶましになったようだよ。こっちこそすまないね、面倒をかけた」

「医者は？」

「平気さ。ただの風邪だろう」

思い返せば一昨日から、風邪気味ではあったのだ。それなのに髪を洗ったり雪の中を歩いたりと、体を冷やしすぎてしまった。無理をしたせいで頼みの「医者いらず」も、あまり効かなかったようである。

まだ熱っぽいが、源七に見られながら横になっているのも気恥ずかしい。手をついて、夜具の上に身を起こす。肩先が寒いと思ったら、着ているものが長襦袢一枚だった。

紋付きの着物と帯は源七が脱がしてくれたらしく、軽く畳まれ枕屏風に掛かっていた。頭に挿してあった櫛や簪も、鏡台の上に揃えて並べられている。

おそらく源七は、几帳面な男だ。商売道具の櫛なども、慎重に取り扱う。きっと女を抱くときも、丁寧に触れるのだろう。

いったいなにを、考えているのだか。

不埒な妄想を熱のせいにして、夜着の間に挟まっていた半纏を羽織る。寝間着姿の源七の肩も寒そうで、「着な」と鰹縞の綿入れを差し出した。

薄着だったのを思い出したか源七はぶるりと一つ身震いをし、綿入れを重ねて着た。男帯はないから、代わりに扱き帯を締めさせる。

「しかし、困った」

赤い扱きを腰できゅっと結んでから、源七は戸口のほうに目をやった。

「頃合いを見て隣に戻るつもりだったのに、うっかり寝ちまった。これじゃあ、出るに出られやしねぇ」

井戸端からは、まだおかみさんたちの声がしている。水を汲んだり米を研いだりと入れ替わり立ち替わりで、さっきより騒がしいくらいだ。この賑わいは、まだしばらく続くだろう。

こんな中に源七が出て行ったら、間違いなく誤解を招く。男が朝方に女の部屋から出てきたら、なにもなかったと言っても信じてはもらえまい。

しかし源七には、朝から約束をしている得意先がいくつもあるはずだった。

「お前さん、仕事は？」

「それは平気です。床を持つ前にと、挨拶回りは済ませてやすんで」

「そんなら外が落ち着くまで、のんびりしてりゃあいい」

おかみさんたちだって、朝餉(あさげ)を食べるころにはいったん部屋に引っ込むはずだ。その僅かな隙を突いて、帰ってもらうしかなかった。

かと言ってそれまでの間、なにをしていればいいのだか。縁談を申し込んだ男と、断った女。気まずいことこの上ない。

「湯でも沸かそうか」

「いや、アッシがやりやす」

立ち上がろうとしたら、源七に止められた。慣れた手つきで火鉢に炭を足し、鉄瓶をかける。

じっと待っているせいか、湯が沸くまでがひどく長い。

外でおかみさんたちの笑い声が弾けた。それが収まるのを待ってから、源七がうつむいたまま口を開いた。

「お力さんから、聞きやした。ぽん太さんには、心に決めた男がいると。鶴松ってのが、その人ですかい」

うわごとで、何度もその名を呼んだらしい。源七は、知らぬ男の身代わりにされたと思い込んでいるようだった。

敷布団の上に、南天柄の煙草入れが落ちている。手に取って、膝の上でぎゅっと握った。

「ああ、そのとおりさ」

源七が、痛みに耐えるように目を瞑る。

その表情に胸がざわめき、告げるつもりのなかったことを言ってしまった。

「鶴松は、大事な大事なアタシの子だよ。生きてりゃ、お福さんとこの平太くらいになる」

「子供？」と呟き、源七はぽかんとして顔を上げた。

ぽつりぽつりと、鶴松のことを話して聞かせた。

あの子がどんなに可愛かったか。どれほどの喜びと、苦しみを我が身にもたらしたか。

今もなお、喪失感に喘ぐ夜があること。一時は、自分も死のうとまで思い詰めたこと。

「この長屋に移ったばかりのころはもう、自棄っぱちでね。体を大事にしようなんて思わないから、酒を浴びるように飲んでいた。するとね、お力さんが水をぶっかけてくるんだよ。可愛い子のことを、酒の酔いに紛れて忘れようとするんじゃないって、叱られたねぇ」

あのころを思い出すと、情けなくて苦笑が洩れる。お力はよくも、こんな女を放り出さずにいてくれたものだ。

深酒をして昼過ぎまで寝ていると「いい加減にしな」と起こしにきて、口の中に握り飯を突っ込んでゆく。あのお節介のお陰でどうにかこうにか、今日まで命を繋いでこられた。

「だからアタシはどんなに辛くても鶴松を忘れないし、あの子以外の子などほしいとも思わないんだよ」

お力が言っていたように、まだ望めば子を授かれる歳かもしれない。だがそれを、少しも望んではいなかった。己の子は、鶴松ただ一人と決めている。

「そんなわけだからアタシのことは諦めて、別の女と幸せになっておくれ」

源七のような真面目な男には、堅気の健やかな娘が似合いだ。二人で髪結床を盛り立てて、一男一女でも儲ければいい。自分の代わりに、そんな幸せを掴んでほしい。

黙りこくっているうちに、鉄瓶の湯が沸きだした。しゅんしゅんと湯気が上がるのを、ただ眺める。源七もまた、片膝を抱くようにして座ったままだ。

やがてぼそりと、呟いた。

「アッシはアンタに、子を産んでくれとは言ってねぇ」

「なんだって?」

「ただアンタと、一緒になりてぇだけだ」

源七が顔を上げる。生直な眼差しに射貫かれて、たじろいだ。

「よしとくれ。アタシのことなんざ忘れて――」

「できねぇ。アンタはしっかりしているようでいて、危なっかしい。昨夜だって、アッシがいなきゃどうなってたか」

「平気さ。きっと途中で目が覚めて、這いずってでも布団に潜り込んでたよ」

死んでしまうかもしれないと思ったことは伏せ、沸いている鉄瓶に手を伸ばす。しかし持ち手に触れる前に、指先を絡め取られた。

「直に触れると熱いですぜ」

「放しとくれ」

振り払おうとしても、逆に強く握り込まれる。

アンタの手だって、熱いじゃないか。

おそらく自分の指先が冷えたせいだけど、この熱さがなぜか嬉しくもある。気をしっかり持っていないと、うっかり絆されてしまいそうだ。

「もう一度よく考えてみてくれねぇか、ぽん太さん。いいや、お三津さん」

「どうして、その名を」

頭の中がぐらりと揺れる。久しく呼ばれていなかった、まことの名だ。ほんの小娘だったころの名で呼ばれると、芸者としての張りまで危うくなってくる。

「すんなり諦めるんじゃないよと言って、お力さんが教えてくれやした」

「あの婆ァ」

つい悪態が洩れる。「ざまぁみやがれ」とせせら笑う、お力の顔が見えるようだ。

米を搗く音に紛れて聞き流してしまった、お力の声が耳によみがえる。聞き間違いでなかったなら、あの人はこう言ったはずだ。

「いいかげん、素直におなりよ」

返事を聞くまで源七は、手を放さぬつもりのようだ。もう片方の手で、お三津は煙草入れを握りしめる。

難を転じる、南天柄。髪結床を持とうとしている源七の、新たな門出を守っておくれ。そう念じて、これを差し出したのに。

十日に一度の髪結が、ささやかな楽しみだった。源七の手で髪を梳かれると、頬の奥がむずむずするような、甘ったるい気持ちになった。

それだけで、充分だった。その先を望んだら、罰が当たると思っていた。

「アタシは、幸せになるのが恐いんだ」

お三津にとっての幸せとは、鶴松と過ごしたあの日々だ。泡のように、儚く消えてしまうものだ。どうせ失うものならば、はじめっから手にしないほうがいい。

「てことはつまり、アッシと一緒になることを、幸せと思っていなさるんだね？」

「あっ――」

「嫌われちゃ、いないわけだ」

困った、なんと言い訳をしよう。お前さんのことなどなんとも思っていないとは、今さら言えない。

お三津の手の甲に、源七が頰を擦りつける。

「ちょいと！」と口から飛び出しかけた文句は、くしゃりと潰れたような笑顔に阻まれた。

「よかった」

源七が、吐き出す吐息と共に呟く。

ああ、どうしよう。可愛い。

拒もうとする気力が、みるみるうちに萎えてゆく。煙草入れを握った腕を伸ばし、気づけば恋しい男の頭を、胸の中にかき抱いていた。

お天道様もすっかり高くなり、さすがに腹が空いたと言い合って、小豆粥の残りを二人で分けた。

正月十五日の小豆粥は、食べた残りを十八日まで置いておくのがならいである。一日早いが、他に食べるものがないのだから仕方あるまい。

「やっぱり甘いねぇ」

ひと口啜り、顔をしかめる。小豆粥には、たんまりと砂糖を入れる。不味いわけではないのだが、この味にはどうも慣れない。

「『みつ』って名なのに、甘いもんが苦手なんだな」

そう言って源七は、面映ゆげに笑った。

粥をすっかり平らげてから腰高障子を細く開け、外を窺う。積もっていた雪が溶け、足元が悪いせいか、駆け回る子供たちの姿はない。三軒隣のおかみさんが一人、井戸端で釜を洗っているのみだ。

「よし、あの人がいなくなってから帰んな」

背後に立つ源七を、肩越しに振り返る。

源七は目を細め、「ああ」と頷いた。

「アンタは大事を取って、今夜のお座敷は休みにするんだぜ」

「だけど、お約束があるからねぇ」

「そうかい。そんな頭で行くってのか」

熱い指先に、首筋を撫でられた。

めったなことでは崩れない源七の結い髪が、髻で束ねただけの下げ髪になっている。髱の毛を撫でつけて、お三津は唇を尖らせた。

「誰のせいだと思ってんだい」

「悪いな。明日になったら結い直してやるよ」

悪戯っぽく笑う、男の八重歯も好もしい。「もう」とそっぽを向きつつも、耳朶が熱くなるのを感じていた。

「あっ、おかみさんが帰ってったよ。ほら、今だ」

井戸端にはもう、誰もいない。声をひそめ、手招きしてから障子を開ける。

だが一歩を踏み出そうとした先に、小さく丸まった背中があった。

「へっ、平太？」

驚いて、声が翻る。戸口に屈み込んでいた平太も、目を丸くして顔を上げた。

井戸端ばかり気にしていたから、足元までは見ていなかった。どきりとした胸を押さえ、問いかける。

「なにしてんだい、こんなところで」

「雪兎、溶けちまった」

「ああ、そうだね」

腰を屈め、平太が目を落とした先を覗(のぞ)き込む。昨日の雪兎は儚(はかな)く消えて、杉板ばかりが残されている。

「残念だね。また雪が降ったら、作っておくれ」

「うん、そうだね」

雪はいずれ溶けるもの。くよくよしたってしょうがない。

平太もまた気を取り直し、膝を払って立ち上がる。

「次は、いつ降るかな」

と声を励まして、曇りのない笑顔でこちらを振り仰いだ。

その視線が、肩先を素通りしてゆく。お三津の後ろにいる源七に気づいたのだ。

べつに、平気だよね。まだ子供だもの。

気まずいところを見られたって、意味が分かるはずもない。髪を結うため源七は、しょっちゅうこの部屋に出入りしているのだし。

半纏の前を掻き合わせ、平太に向かってにっこりと微笑みかける。

「ほら、寒いから早く部屋にお帰り」

促すと、くりっとした目が動いた。源七とお三津を見比べてから、人差し指を突きつけてくる。

「変なの。源七さんが帰るとこなのに、なんでぽん太姐さんの髪はそんなに乱れてんのさ?」

「ちょいと!」

子供の声は、よく通る。折悪しく表店の大家の家からは、米を搗く音が響いてこない。

腰を折り、慌てて平太の口を塞ぐ。だけど、今さらである。

溶けずに残った雪兎の目を、握りしめていたのだろう。平太の小さな手のひらから赤い南天の実が二粒落ちて、ころりころりと転がった。

鈴虫鳴く

藤原緋沙子

藤原緋沙子（ふじわら・ひさこ）
高知県生まれ。立命館大学文学部史学科卒。小松左京主宰の「創翔塾」出身。二〇〇二年に「隅田川御用帳」シリーズの第一巻『雁の宿』でデビュー。一三年に同シリーズで第二回歴史時代作家クラブ賞シリーズ賞を受賞。著書に『番神の梅』『茶筅の旗』『龍の袖』『絵師金蔵　赤色浄土』、「橋廻り同心・平七郎控」「藍染袴お匙帖」「浄瑠璃長屋春秋記」「秘め事おたつ」「へんろ宿」シリーズなど。

一

女髪結のおまつが、本所南割下水にある脇坂内蔵助の屋敷を訪ねたのは、長月に入ってまもなくのことだった。

青縞の着物に黒繻子の帯を締め、藍で染めた前垂れ姿で、手には髪結の道具箱を下げている。

年の頃は三十も半ば、大年増の年齢とはいえまだまだ女盛り。出で立ちはいかにも控えめで、青を基調にしたものだが、色白のおまつには良く似合っていて、きりりと引き締まって見える。しかもあごの右側にくっきりと見える黒子は、けっして心のぶれない意志の強さをあらわしている。

おまつは、おそるおそる長屋門の物見窓に向かって、おとないを入れた。するとすぐに小門から門番が出て来て、

「当家に何の用だ」

怪訝な顔で問い質し、じろりとおまつの姿を眺め回した。

「女髪結のおまつと申します。岡っ引の銀蔵さんから、本日こちらのお屋敷を訪ねる

よう伺っておりまして……」

おまつは腰を折って告げた。

女髪結は寛政の頃大いに流行ったが、華美になって風俗が乱れるということで、幕府はたびたび女髪結を禁止してきた。

だが、この安政の頃になっても女髪結が途絶えることはなく、以前のように大々的に店を張ることはなくなったが、おまつのように生業としている者も少なくなかった。

おまつは毎月約束しているお客で既に手一杯だったが、世話になっている銀蔵の紹介とあらば断ることも出来ず訪ねて来た。だが、武家屋敷となると流石に緊張した。

「銀蔵の使いだな……分かった、暫時待て」

門番はおまつを門内に入れ、腰掛けで待つよう促すと、伺いを立てるためか、玄関の方に走って行った。

おまつは門番を待つ間、脇坂家の庭を眺めた。簡素だが落ち着いた庭の造りだった。左手の奥の方には萩が咲き乱れているのが見え、その辺りから鈴虫の声が聞こえてくる。

それも一匹や二匹ではない。十数匹とも思われる鳴き声だった。

鈴虫は初秋には昼間も鳴くが、秋が深くなると夜間に鳴くと聞いている。

——確か十三年前……そうそう浅草寺で……。

と記憶を呼び戻していると、門番が女中を連れて戻って来た。

「おまつさんですね。わたくしは女中の早苗と申します。こちらへ……」

女中はそう告げると、おまつを勝手口から奥方が起居する奥の部屋に案内した。

奥の部屋の広縁の向こう、中庭でも鈴虫が鳴いていた。

おまつは廊下に座ると、部屋の中の奥方に頭を下げた。

「おまつと申します」

「待っていたぞ、おまつともうしたな。よろしゅう頼む」

弱々しい声に顔を上げると、脇息にもたれかかった奥方の姿が目に飛び込んできた。

優しく上品な目が、おまつを見ている。

奥方は淡い空色の単衣に垂髪姿だった。奥の間には褥が見える。どうやら病に臥せっている方なのだとおまつは察した。

「朝から御髪を洗われて、頃合いに乾いております。奥方様は明日は御先代様の墓前に参ります故、髪を結いたいと申されての。ただ、あまりにきつく締めて結われるとお身体に障ります。頃合いが難しく、そこでそなたを呼んだのじゃ」

側に付き添う初老の女中が言った。

「承知いたしました」

おまつは、するすると腰を低くして奥方の面前にすすんで座ると、

「これは私の考えではございますが、奥方様、鬢付け油は髪に潤いを持たせるぐらいでよろしいのではないでしょうか。お墓参りをなされたのち、再び髷を解かれるのなら、鬢付け油は少ない方が過ごしやすいのではないかと存じます」

帰宅後再び床に臥せることを考えて、おまつは提言したのである。

「よしなに……」

奥方は微笑んで言った。

おまつは奥方の背後に回ると、道具箱を開けた。箱の中には十数個の様々な結髪に必要な櫛や元結、鋏、鬢付け油などが入っている。

道具箱は三段になっているのだが、一番下の箱には白粉や紅なども入っていて、客に請われれば化粧の品の販売も行っている。

「では……」

おまつは一礼して奥方の痩せた肩に掛かっている髪に手を入れた。

洗い立ての髪はさらさらとしていて、しかも漆黒の髪は美しい。おまつは鬢付け油で潤いを持たせたのち、ふわりと軽く結い上げた。出来上がった髪型は丸髷だった。

「まあ……涼やかに見えまする。それに、奥方様、おまつの鬢付け油は野薔薇のかおりがいたします。お気づきですか？」

側の初老の女中が感歎の声を上げて奥方に微笑みかけると、

「ほんに良い香りじゃ。それに頭も重くありませぬ。久しぶりに髪を結って心地よい。おまつとやら、ありがとう」

奥方はおまつに礼を述べた。

「そうかい、それは良かった」

翌日、米沢町のおまつが住む長屋に顔を見せた銀蔵は、おまつから昨日出向いた脇坂家の奥方の話を聞き、ほっとした顔をした。

「親分さんの紹介ですから断る訳にもいかなくて、でも、やっぱり緊張しましたよ」

おまつは笑いながら、上がり框に腰を据えた銀蔵にお茶を出した。

銀蔵が脇坂家に出入りしているのは、十手を預かっている北町の同心中村信之助が、昨年から脇坂家との縁を持ったからだ。

江戸の町奉行所の与力や同心は、御府内にある各藩邸、また旗本屋敷などとの関係が深い。

藩士や家士が御府内で何か問題を起こしたおりに、融通を利かしてもらいたいという思いが藩邸や旗本にあり、常から与力や同心に心付けなどをして、屋敷にも出入りさせているのである。銀蔵も中村信之助の供をして、脇坂家に出入りしていて、屋敷の奉公人たちとは顔見知りだった。

「なあに、わしは心配してなかったぜ。脇坂家のお女中衆も気の置けねえ人たちだし、おめえさんならきっと気に入ってもらえると思っていたのだ」

銀蔵は一口お茶を飲むと、今度は煙管(きせる)を出して煙草を喫(の)み始めた。

おまつはすぐさま煙草盆を、銀蔵の側に滑らせる。

「すまねえな」

銀蔵は、ふうっと白い煙を吐き出してから、

「それはそうと、千太郎は元気でやっているかね」

おまつの顔を見た。

千太郎とは、今年十五歳になったおまつのたった一人の倅(せがれ)である。

三年前から日本橋の紙問屋で奉公しているのだが、江戸者でも手代になるまでは住み込みが店の決まりだというので、長屋に帰って来るのは盆と正月の年に二回、藪入(やぶい)りの時だけだ。

「お陰様で頑張っているようです。お盆に帰ってきた時には、来年には手代になれるかもしれねえ、なんて言っていましたね」

おまつは嬉しそうに報告した。

「そうか、千太郎はとびきり頭がいい。立身するのは間違いねえ。それにしても早いもんだな。巾着切りをしていたおめえさんが、浅草寺で拾った迷子を、立派に育てあげたんだからな」

しみじみと言った銀蔵に、

「親分さん、巾着切りだなんて、その言葉止(や)めて下さいな。千太郎の母親として立つ瀬がありませんよ」

苦笑しながら抗議するおまつの背後の壁には、赤茶けた大判の紙に書き付けた家訓のような言葉が並んでいる。

『一、嘘をつかない。二、人に迷惑をかけない。三、明るく元気に、一所懸命』

銀蔵はそれをちらと見て笑みを浮かべ、

「千太郎は、おめえさんの願い通りに、素直で賢く育ったのだ。わしも感心しているところだぜ」

「銀蔵親分のお陰ですよ。親分さんが陰になり日向(ひなた)になりして、私たち親子を心配して見てきて下さったんですから」

「いやいや、スパッと巾着切りを止めて、女髪結の職に就き、立派に子供を育てあげるなんて想像もつかなかったぜ」

銀蔵は笑った。

二人の脳裏には、十三年前の出来事が浮かんでいた。

その日おまつは、浅草寺の雑踏の中にいた。境内の茶屋で串団子を頬張りながら獲物を物色していた。

岡っ引の銀蔵は、かねてより目を付けていたおまつに出合って、離れた物陰から窺っていたのである。

ただ、巾着切りをお縄にするには、掏ったその瞬間を現に確認し、証拠を摑まなければならない。

まもなくのことだった。おまつは勘定を払って立ち上がった。獲物を捉えたのだ。恰幅のよい商家の隠居が、手に巾着をぶら下げて茶屋の方に歩いて来る。身なりからして懐の財布には、たっぷり小判や銭が入っているのは間違いなかった。

おまつは、目の前を通り過ぎた隠居を尾け始めた。

すると銀蔵も物陰から身を起こし、おまつの後を追う。

隠居が浅草寺内の時の鐘近くで足を止め、腰を伸ばして釣り鐘堂を仰いだ時だった。

おまつが急ぎ足で隠居に近づいて行く。

——やるな……。

背後の銀蔵が険しい視線を投げたその時、おまつはふいに足を止めた。

小さな虫籠を手に泣きじゃくりながら歩いて来る幼い男児に気付いたのだ。

一瞬にして緊張が途切れたおまつは、舌打ちして隠居の背中を見送ると、泣きながら近づいて来た幼い男児に歩み寄った。

「ぼうや、どうしたんだい……おっかさんとはぐれたのかい?」

おまつは尋ねるが、幼い男児は泣きじゃくるだけだ。手に持った虫籠からは『りー、りー』と鈴虫が心細げに鳴いている。

おむつもまだしている様子で、着ている単衣(ひとえ)は上物だった。

「迷子になったんだね、困ったねえ」

おまつは辺りを見渡すが、母親らしい姿は見えなかった。

「お名前は?」

しゃがんで尋ねてみるが、幼い男児は涙目を向けただけだ。

「可哀想(かわいそう)に……名前も言えないんだね」

おまつは幼い男児の涙を、手巾を出して拭いてやった。

子を産んだこともないおまつである。思いがけず迷子に出合って声を掛けたことを後悔し始めた。幼子の扱いが分からないから戸惑いしかないのである。

するとそこに十手を手にした銀蔵が近づいて来て言った。

「まずは寺務所にでも届けて、親が名乗り出るまで誰かに預かってもらうしかねえな」

おまつは、いきなり岡っ引が現れたことで驚いた。同時に自分が目を付けられていたんだと知りぞっとした。

銀蔵はすぐに幼い男児の胸を探った。迷子札を首に掛けていないか確かめたようだが、手に摑んだのはお守り袋だった。

お守り袋の中の紙片には、年月日と千太郎という名の文字があった。銀蔵はこれだという顔で頷いたのち、幼子に向かって、

「千太郎……二歳だな」

呼びかけると、幼子はじいっと銀蔵を見詰めて泣き止んだ。

「そうか、よしよし。千太郎、行こうか」

銀蔵が幼子の手を取ったその時、おまつは思わず声を上げた。

「待って下さい。私が預かります。あっちにやったり、こっちにやったり、可哀想じゃ

ありませんか」

「おめえさんは巾着切りじゃねえのかい。こんな幼い子の世話が出来る訳がねえ」

銀蔵はそう言ったが、おまつは、

「親御さんが見付かるまでのこと、任せて下さい」

啖呵（たんか）を切って千太郎を連れて帰って来たのである。銀蔵は寺務所に届けたらしいが、その後も親が見付かったという知らせもなく、もう十三年が経っている。

おまつは千太郎を預かってからまもなく、意を決して巾着切りから女髪結に職を変え、千太郎を我が子として育てて来たのであった。

銀蔵はその間、ずっと二人を見守ってきてくれている。恩有る人だが、今日は様子が少し違った。煙草の灰を煙草盆に落とすと、改めて顔をおまつに向けて、思いがけないことを言った。

「今日ここに来たのは他でもねえんだ。あの時千太郎が持っていたお守り袋だが、まだあるんだろ。見せてもらいてえんだ」

「何ですかいまさら……まさか親御さんが見付かったとでもいうんですか」

そう言った途端、おまつの心の臓は大きく打ち出した。

「そうだ。おめえさんが昨日訪ねた脇坂家の跡取りが十三年前に浅草寺で迷子になったらしいんだ。その子の名は千太郎……」

「待って下さい。親分はだから、私をあの屋敷に紹介したとでもいうんですか。冗談じゃない。この世に同じ名前なんていくらでもおりますよ。それに、お守り袋なんて、もうどこにやったか分かりませんよ。親分さん、私、今から出かけなくちゃなりませんので」

おまつは険しい顔で道具箱を引き寄せた。

「そうかい……じゃあ、また出直してくるか」

銀蔵は立ち上がり、ひょいと手を上げてから帰って行った。

二

「いたた、おまつ、痛いよ」

おまつが髪の根元を元結でぎゅっと締めたその時だった。おれんの手が伸びてきて、髪を結うおまつの手を摑んだ。

「あっ、すみません。つい力が入りすぎて……」

おまつは詫びた。

おれんは本所松井町にある女郎宿『梅野屋』の主である。そのおれんがおまつを呼び捨てにするのは、巾着切りをする前のおまつは、この梅野屋の女郎だったからだ。

「まったくどうかしてるよ今日は……何か心配ごとでもあるのかい」

髪を結い終わると、おれんはおまつの顔を窺った。

「ええ、倅のことでちょっと……」

おまつは苦笑した。

「だから言ったろう……子供を産んだこともないお前さんが、迷子を育てることにしたんだって言ってきた時にさ」

おれんは、おまつの顔を案じ顔で見た。

「いいえ、倅に何か問題があったという訳ではないんです。離れて暮らしているものですから、私が勝手に心配していて……」

「なんだろうね。お前は欲がないから苦労するんだよ。思い返せば、うちにやってきたのは、確か十七だったよね」

おれんは言いながら、おまつにお茶を出してくれた。

「お飲みよ、宇治の新茶をさる旦那が持ってきてくれたんだよ」

「頂きます」

おまつは頭を下げて茶碗を取った。

主だった女将のおれんにお茶を淹れてもらうなんて、女郎として働いていた時には想像も出来ないことだった。

おまつは下総の百姓の娘だった。だが、家の借金を返すために、この梅野屋に女郎として売られたのだ。

そして二十歳になった時に深川の材木商の隠居に身請けされ、向島の別宅で暮らしていた。だが二十三になったその年、隠居が突然亡くなって別宅を追い出されたのだ。隠居の倅がけちんぼで手切れ金も渡してもらえず、それでおまつは暮らしに困って、巾着切りや置き引きを始めたのだった。

岡っ引の銀蔵に目を付けられていたとは露知らず、浅草寺など寺の境内を仕事場にしていたのだが、迷子の千太郎と出合ったのは、丁度そんな時だった。

親とはぐれた幼い千太郎と、親に売られて江戸に出て来て、帰る場所もない自分とが重なって見え、つい銀蔵に啖呵を切って千太郎を抱いて帰ってきたのである。

だが銀蔵が案じていた通り、幼子を抱えていては巾着切りを続けるのは無理だった。

長屋のおかみさんたちに千太郎を預かってもらうこともあったのだが、たびたびという訳にはいかない。貧乏長屋の連中は、元気な者は皆、身を粉にして働いているのである。

そのうちに銀蔵が親を捜して知らせてくれるに違いない。暮らしに困ったおまつは、首を長くして朗報を待っていたが、その知らせが届くことはなかったのだ。

千太郎を預かって三月も経った頃だった。銀蔵はおまつと千太郎の暮らしを案じて様子を見にきてくれた。

「どうだい、誰か別の人に託すという手もあるんだぜ。まっ、そう時間もかからねえうちに、里子に出す話になるかもしれねえが、ここの大家もそう言っていただろ？」

銀蔵は、おまつを案じてそう言ってくれたのだ。

しかしこの時にはもう、おまつは千太郎を人の手に渡すことは出来ないと気付いていた。

「親分さん、見て下さいよ。この子はもう私を母親だと思っているんですよ」

おまつは、心許(こころもと)ない足取りでおまつの所に歩み寄り、抱っこをしてくれとせがむ千太郎を抱き留めて言った。

この三月の間に、おまつは千太郎のおしめを替え、粥(かゆ)を炊き、野菜も魚も食べやすいように細切れにして食べさせてきた。

眠る時には胸に抱き、起きては腕の中に、そして背中にも背負い、そうしているうちにだんだんと、自分こそが千太郎の母親だと思うようになっていたのだ。

幼子の世話をするのは、想像も出来ないような労力と心配ごとばかりだが、ただ自分一人の身過ぎ世過ぎばかりを考えて生きて行くよりも、数段生きているという実感があった。

「おめえさんがそう言うのなら、千太郎を取り上げることはしねえ。だがよ、巾着切りは不味いだろうぜ。確かに暮らせる金が稼げる仕事をしなくちゃ先行きが不安だろう。これはわしの経験から言っているのだ。わしの倅も娘も、もう大人になっているが、育てるのは大変だったんだからな」

おまつは銀蔵からそう言われて、おれんに相談したのである。

「あの時女将さんが、だったら女髪結をすればいいじゃないか。お前は髪を結うのが得意だったんだ。そう言ってくれたお陰で今があるんです」

おまつは笑みを見せて礼を述べた。

「だったらいいんだけどね。おまつ、白粉持って来てくれたんだね」

おれんは、おまつの道具箱に視線を走らせる。

「はい、もちろんです」

おまつは箱の中から、白粉や紅を取り出していく。

するとその時、女郎たちが次々と部屋に入って来た。

「おまつさんの白粉が一番ノリが良いのよ」

おしのがそう言って白粉を取り上げれば、

「私は紅を欲しいんだけど……」

紅を品定めするのは、おかつという女である。

「あたし、お化粧の刷毛（はけ）を頼んでいたんだけど……」

問いかけてきたのは、一番年上のおつねだった。

「おつねさんにはこれが良いと思いますよ。いろいろな刷毛を使うより、これだと一つの刷毛でさっと塗れて、肌へのノリもいいんです。それと、こちらの鉛が入った白粉の方がむらなく付くと思います。私もそうだけど、年齢を重ねると潤いがなくなりますからね」

おまつがそう言って勧めると、今度はおみねが、

「おまつさん、へちまの化粧水、今度持って来てくれないかしら。この間ここにやって来た小間物屋から買ったんだけど、ただの水だったのよ」

口惜しそうに言って頬を膨らませた。

「ちょっと待って下さい……」

おまつは紙に、受けた注文の品を書き留めていく。

わいわいがやがや、こんな時の女どもは賑やかなことこの上ない。

とうとうおれんが手をぱんぱんと叩くと、

「まったく、おまつが来るとこれだから……みんな、順番にね、一度に言われてもおまつが困るんだから」

おれんは声を張り上げて皆を制した。

おまつがひととき、頭の中にある不安を忘れていられたのは梅野屋にいた時だけだった。

帰宅すると、またもや千太郎のことが頭を過る。

梅野屋のおれんには悩みの種を告げることはしなかったが、やはり一人になると、銀蔵がやって来た日の言葉が頭から離れることはない。

――おめえさんが昨日訪ねた脇坂家の跡取りが十三年前に浅草寺で迷子になったらしいんだ。その子の名は千太郎……。

あの折千太郎が首に掛けていた証拠になる筈のお守り袋を見せてほしいと、銀蔵はあの日言ったのだ。

おまつはすぐさま断ったが、あのお守り袋が千太郎の親を決定づける物になるのは間違いない。

──脇坂家に自分を紹介したのも、銀蔵親分の魂胆があったに違いないのだ……。

脇坂家の嫡男となれば、今の身分とは雲泥の差がある。若様と呼ばれて食うに困ることもなければ、立身すれば更に豊かな暮らしが出来る。長屋暮らしの者からすれば、夢のような世界である。

むろんおまつのことなど忘れるかもしれない。いやいや忘れなくても、会いに来ることは叶うまい。

銀蔵はおまつに脇坂家をわざと見せて、千太郎が幸せなのはどちらなのか、その目で確かめてくれ……そんな気持ちがあったに違いない。

おまつはそこまで考えて、じっとしてはいられないと思った。

七輪に掛けていた味噌汁の鍋を下ろすと、畳の部屋に入り、押し入れから柳行李を引っ張り出した。

蓋を取って中の物を取り出しながら、ひとつひとつ確かめていく。

柳行李からは、次々と千太郎が幼い頃に着ていた着物や、寺子屋に行っていた頃の習字、和算の本、『商売往来』などが出て来る出て来る。

千太郎はとびきり頭が良くて、紙問屋に奉公する前には四書五経も習っていて、その本は奉公先に持参している。

おまつにとっては自慢の息子で、千太郎の成長を記憶に留めておくためにも、書き損じた紙なども丁寧に畳んで保管しているのである。

やがて、柳行李の底に風呂敷に包まれた物が出て来た。千太郎が迷子になっていた時に身に付けていた単衣の着物だった。

少し生地が弱くなってはいるが、洗濯して火熨斗を掛け、大切に保管している。その着物に挟み込んでいたのが、

「あった……」

例のお守り袋だった。

初めて見る訳でもないのに、どきどきしながらお守り袋の中に入っている紙片を取り出した。

紙片には、年月日と千太郎の名が書かれている。紙片の色は少し変わっているが、紛れもなくあの時千太郎が身につけていた物だ。

――これを銀蔵親分に見せれば……。

銀蔵はこのお守り袋を持って、脇坂家に走るに違いない。

——そんなこと、私が出来る訳がない……。

渡せば自分は千太郎とは別れ別れになる。

——だがこのお守り袋がなければ……。

銀蔵が考えている証しというものはなくなるのだ。

おまつは、お守り袋を手にして、七輪の側に走った。七輪には赤く熾った炭火がある。

おまつは、お守り袋を握って七輪の火を見詰めた。

鬼の形相をして、お守り袋を七輪に投じようとしたのだが、その手を引っ込めた。

——このお守り袋を火の中に投じるということは、母と自認している私が、我が子の幸せを無き物にするに等しい。

そんな酷いことが出来る筈がないではないか。

おまつはよろよろと、また柳行李の所に戻った。

そして、柳行李に入っていた物を、ひとつひとつ丁寧にもどしながら、おまつは千太郎がはしかに罹った時に使用した真っ赤な布を見て思い出した。

千太郎が高熱を出して、医者に診てもらった時のことだ。

「麻疹ですな。薬を飲ませて、しっかり介抱するようにな。手を抜かぬよう、何か変わったことがあれば、すぐに知らせて来るのだぞ」

医者は命にかかわる病だと告げて帰って行ったのだった。

おまつは、部屋の中を赤い布で覆い、神棚を作って手を合わせ、薬を飲ませ、肌着を替え、眠ることも忘れて看病を続けていたが、五日目に倒れてしまった。

そこに丁度やって来たのが銀蔵親分だった。噂で千太郎が麻疹に罹っていると聞いたらしく、案じて見舞いに来てくれたのだ。

ところがおまつが倒れているのを見て、慌てて医者を呼んでくれて、おまつが元気を取り戻すまでの三日間、銀蔵の女房のおたきが千太郎の看病をしてくれたのである。

「亭主はね、巾着切りだったお前さんが、足を洗って、しかも誰にも負けねえ立派な母親になったんだって、いつもあたしに喜んで言うんですよ。おまつは心がけの良い女だって、苦労してきたおまつと千太郎が幸せになるよう手助けしてやりたいんだってね」

その時におたきは、そんなことを打ち明けてくれたのだった。

それまでずっと、銀蔵親分は今も自分を見張っているのかもしれないと考えることもあったおまつは、おたきの言葉を聞いて、どれほど嬉しかったかしれない。

先日はその銀蔵からお守り袋のことを問いかけられて、つい我を忘れて言い返して

しまったけれど、

──銀蔵親分は、何も私たちの不幸を望んでいる人ではないのだ。

おまつは、千太郎の思い出の品を押し入れに仕舞うと、七輪に鍋を掛けた。

そして、壁に貼った我が家の約束ごとの紙を見上げた。巾着切りだったおまつは、千太郎には自分のような道を歩んでほしくない。そんな思いを込めて書き留めた言葉である。

「一、嘘をつかない。二、人に迷惑をかけない……」

千太郎が読む涼しげな声を思い出して、おまつはふっと笑った。

──馬鹿な私……。

突然涙がこみ上げて来た。

だがおまつは、吹っ切るようにぐいっと涙を腕で拭った。

三

脇坂家の門前の割下水は、湿地帯ゆえ雨水を集めるために掘削して作った水路で、汚い水のことではない。

幅は一間ほどだが、水路の両脇の縁には茅が生え、水辺ではかえるが鳴いていて賑やかだった。

おまつは、辺り一面に見える武家屋敷を眺めながら、脇坂家の女中の早苗を待った。

門番に会いたい旨伝えたのだが、早苗が応じてくれるかどうかは分からなかった。

だがおまつは、どうしても会って話を聞きたいと思っている。

どれほど待っただろうか。やはり受け入れては貰えなかったのかと半ば諦めの気持ちが胸を覆い始めたその時、小門が開き、御高祖頭巾を被った早苗が姿を現した。

おまつは走り寄って、頭を下げた。

「お待たせしました。長居は出来ませんが、わたくしにお話があるのだとお聞きしましたが……」

早苗はそう言うと、おまつを竪川に架かる二つ目之橋袂にある『まんねんや』というしるこ屋に誘った。

二階の小座敷に落ち着くと、

「母が訪ねてきた時には、いつもここで時を過ごします」

早苗は微笑むと、おまつの顔に用向きを促した。

「申し訳ございません。他に手立てが見付からず、早苗さまなら話していただけるかもしれないと存じまして……」

　おまつはそう前置きすると、十三年前に脇坂家の嫡男千太郎が浅草寺で迷子になったのは事実なのかと問い質した。

　早苗は、青い顔をしておまつを見詰めた。ひとつふたつ、大きく呼吸をしたのちに、早苗は意を決した顔で言った。

「なぜそのようなことをお聞きになるのでしょうか。わたくしはその頃にはまだ奉公をしておりません。十八でお屋敷にあがって今年で五年目の女中です」

「では、何もそのことについて耳にしたことはないのでしょうか？」

「おまつさん、困ります。お屋敷の中のことを、あなたに話すことは出来ません。そんな話をしたことが分かったら、どのようなお叱りを受けるか……」

　おまつは突然後ろに下がって、両手をついて頭を下げた。

「おまつさん……」

　困惑した早苗の声が、おまつの態度を咎めている。おまつは、頭を下げたまま、

「おっしゃる通りでございましょう。一度お伺いしただけの女髪結に話すことではないことは重々承知です。正直に申します。私の倅は千太郎と申しまして、十三年前に浅草寺で迷子になっていたのを連れて帰りまして、その後も親御さんが見付からない

というので育ててまいりました。お屋敷に出入りしている銀蔵さんは早苗さまもよくご存じだと思いますが、その銀蔵さんが、御嫡男千太郎さまが十三年前に浅草寺で迷子になったとおっしゃって、私の長屋にお守り袋を見せてほしいと確かめにおいでになったものですから……」

「おまつさん！」

早苗の驚いた声が、おまつの頭上に飛んで来た。

「顔を上げて下さい」

早苗に促されて、おまつは顔を上げた。

「今のお話、偽りはございませんね」

険しい顔で早苗は言った。

「はい、本日お屋敷をお訪ねしたのは、考えに考えた末に、倅の幸せを願ってのこと。本当のことが知りたいのです」

おまつはそう告げると、これまでの経緯を早苗に話した。もちろん自分が巾着切りだったことなどは話さなかった。

浅草寺で幼い迷子に巡り会い、親子として暮らして来たことや、銀蔵から突然お守り袋の話を持ち出されて、脇坂家の嫡男が浅草寺で迷子になっていたという話に、母として苦しんで来たことも正直に打ち明けた。

「倅千太郎のために、本当のことが知りたいのです」

きっと見詰めたおまつの顔を、早苗は見返し、

「おまつさん、あなたのお話を信じましょう。ただし、この話は他言無用です。約束して下さいますね」

真顔で念を押してから、

「先にも申しましたが、わたくしはまだ奉公して五年目です。ですからこれは先輩方から伺った話です」

おまつは緊張した顔で頷いた。

「おっしゃる通り、十三年前に若様の千太郎さまは浅草寺で迷子になられて、消息を絶ったまま今日に至っています……」

早苗の話によれば、十三年前の初秋の頃、奥方は中間(ちゅうげん)や女中を供にして、嫡男千太郎の手を引いて浅草寺に立ち寄った。

実家に帰る途中のことで、天気も良く、久しぶりに境内を歩いてみたいと思ったようだ。

当日は様々な芸人たちが繰り出して来ていて、境内のあちらこちらで芸を披露して

いたという。

まもなく、散策していた寺内で鈴虫売りに出合い、千太郎に数匹買って手に持たせてやったが、その直後、奥方の持病である疝気(せんき)が起こった。供の者たちは苦痛で蹲(うずくま)った奥方の介抱に追われて、気がついた時には千太郎の姿が見えなくなっていたのである。

すぐに寺務所に協力を求め、寺役人の手も借りて境内中を捜したが、ついに見付けることが出来なかったというのである。

当日銀蔵が寺務所に届けていたのは間違いないが、寺務所も多忙だ。何かの手違いが生じて、迷子の千太郎のことはうやむやになってしまったのかもしれない。

「おまつさんのおっしゃる通りです。千太郎さまのお守り袋には、生まれた年月日とお名が記されていたようです」

「年月日とお名が……」

おまつは呟く。頭の中から何もかもふっとんで、おまつの思考は一瞬止まった。

「それからの奥方様は、ずっと病がちになってしまって……一度は懐妊されたこともあったようですが、そのお子はお生まれになってすぐにお亡くなりになりました。男のお子だったようです」

「では、今お子様は？」

恐る恐るおまつは尋ねる。

「いらっしゃいません。奥方様は他の女の方に跡取りをと殿様にお願いしていたようですが、殿様はそんな奥方様を不憫に思われて……」

早苗はそこで涙を拭うと、

「おまつさんもご覧になった通り、奥方様のお身体の具合は良くありません。奥方様は、せめて命あるうちに千太郎さまに会いたいとおっしゃって、毎日お祈りの日々でございます。おまつさんが髪を結って下さったあの日も、御先代様に千太郎君（ぎみ）に会えるようお願いするためのお支度でございました。奥方様の頭の中には、迷子になった若様が、鈴虫の籠を手にして喜んでいたお顔が焼きついているらしくて、それでずっと脇坂家では鈴虫を飼って毎年庭に放しているんです……」

「では、あの庭で鳴いていた鈴虫は？」

おまつは聞き返す。早苗は頷いて、

「若様が鈴虫の声に導かれて戻って来る。奥方様はそう信じていらっしゃるのです」

じっとおまつの顔を見た。

日本橋の紙問屋『相模屋』の店の前は、傾き掛けた陽に逆らうように活況を呈していた。

上方から船で運ばれて来た紙の荷物を、店の蔵に次々に運び入れる奉公人の姿や、商談で訪れた仲買人や紙屋の者たちの出入りで、それを見ただけで相模屋の繁盛が揺るぎないものだと分かった。

おまつは向かい側の蕎麦屋から、ずっと目を離さずに見詰めている。

半刻ほど前に店を訪ねて、千太郎の母だと名乗り、是非にも会って話さなければならないことがある。ひとときの暇を千太郎にいただけないものかと番頭に頼んでいる。

その時番頭は、

「本日は菱垣廻船で大坂の蔵屋敷から届く西国の紙を蔵におさめなければならないのです。すくなくとも一刻は待ってもらわねば……」

そうおまつに告げたのち、

「千太郎さんは他の奉公人と比べると、飛び抜けて優秀だ。相模屋には必要な人だ。うちに奉公してくれて旦那様もお喜びです」

そんな褒め言葉を、おまつにくれたのだった。

嬉しい言葉だった。しみじみと親子として暮らした十三年が思い出されて、千太郎はおまつにとっても大きな贈り物であったように思われる。

「相模屋さんはまだ忙しいようですな」

蕎麦屋の親父が、お茶を運んで来た。

「息子さんが奉公していなさるということでしたが、相模屋さんなら間違いはねえ。商人としての躾も厳しく、言葉だって態度だって立派なものだ。末は番頭になるか、はたまた暖簾分けしてもらって紙屋になるか……親も楽しみだ」

親父はそう言ったのち、

「それに比べてうちの倅は、蕎麦屋なんて継ぎたくねえなんて言いやしてね。飾り職人になるんだと弟子入りしやしたが、親にしてみれば心配ごとばかりで……あの相模屋さんに奉公するような倅だったらどれほど嬉しいかと、毎日ここからあっしは店を眺めているんでさ」

倅を案じる言葉を並べて板場に引き返して行った。

千太郎が駆け足で蕎麦屋にやって来たのは、まもなくのことだった。

「おっかさん、何かあったのかい」

千太郎は、おまつの向かい側に座ると、案じ顔でおまつの顔を見た。

「なにから話して良いのか……千太郎、おっかさんはお前にどうしても話しておかなければならないことがあってね」

決心してやって来たつもりだが、どう切り出してよいのか迷うおまつだ。

「だから何なんだよ、はっきり言ってくれよ。番頭さんから早く戻ってきてほしいって言われているんだ」

千太郎は急かした。

おまつは大きく息をつくと、千太郎の顔をまっすぐに見て、

「千太郎、お前は覚えていないだろうね。十三年前に浅草寺で迷子になっていた時のことを……」

思い切って切り出した。

「覚えている訳がないじゃないか。十三年前といえば二歳だろ。記憶にないし、おっかさんも一度もそんな話をしてくれたことはないじゃないか。でも、自分が迷子だったってことは知っているよ」

「千太郎……」

意外な言葉に、おまつは驚いて千太郎を見た。

「おっかさんには言わなかったが、長屋の者が教えてくれたんだ」

千太郎は苦笑してみせた。

「千太郎……いったい誰がそんなことを吹き込んだんだよ」

おまつは思わずむっとした。

自分が隠してきたことを、長屋の連中は千太郎に話していたのかと驚くと同時に、裏切られたように思ったのだ。

「誰でもいいじゃないか。長屋のみんなは、ずっと、おっかさんを応援してくれた人ばかりじゃないか。千太郎ちゃんのおっかさんは立派だよ。巾着切りを止めて女髪結になってまで千太郎ちゃんを育ててきたんだからって……」

「ちょっと待って……」

おまつは千太郎の言葉を遮ると慌てて言った。

「誰があたしを巾着切りだなんて言ったのさ！」

「そりゃあ、なんとなく分かっていたんじゃないの……でも、長屋の人たちは蔑んで言ってたんじゃないんだよ。職を変えてまで迷子の子を育てた立派な母親だって言ってたんだよ。わたしもそう思っているよ。おっかさんは日本一のおっかさんだよ。おっかさんがいなかったら、今のわたしはないんだから……おっかさんの倅でよかった、ありがとう……それがわたしの気持ちなんだから……」

「千太郎……」

おまつの双眸から、思わず涙がこぼれてくる。

思い悩んで、決心して、倅の奉公先までやって来たおまつだったが、

「おっかさんの倅でよかった、ありがとうだなんて……」

思いがけない言葉を聞いて、おまつは言葉を詰まらせる。

「馬鹿だなあ、泣くことはないじゃないか。で、迷子だったから、どうしたっていうんだよ」

千太郎は笑っておまつを見た。

「お前の本当の両親が見付かったんだよ」

「まさか……」

俄に千太郎の顔がこわばっていく。

「証拠はあのお守り袋……」

「いまさらなんだよ」

突然突き放すように千太郎は言った。

「ずっと捜していたらしいんだよ。お前は旗本のご子息さんだったんだ。脇坂内蔵助さまの嫡男、千太郎さまだったんだよ」

「おっかさん、いい加減にしてくれよ。わたしはおまつの倅の千太郎だ。どこの家の

子供でもないんだよ」

「千太郎……」

千太郎はすいっと立って相模屋に戻って行った。

四

おまつは、あれから寝込んでいた。何もする気がおこらなかった。台所に置いてある箱膳の上の皿には、握り飯二つと大根の漬け物がある。

隣家の女房が、おまつの身体を案じて持ってきてくれたのだが、おまつは手をつけていなかった。

千太郎のことを考えると気が気ではない。物を口にする気持ちにはなれなかったのだ。

そうこうしているうちに、商いに出るのもおっくうになり、ただ床の中で、千太郎のことを案じているのだった。それも同じ場面、あの蕎麦屋の中のことだった。

千太郎が聞く耳持たぬ態度で相模屋に引き返して行ったのは、育ての母のおまつの立場を考えてのことだったに違いない。本当のところ、突然生母がいる、実の両親が判明したなどと言われて、千太郎は心中穏やかではなかった筈だ。

今頃仕事も手につかず千太郎は悶々としているのではないか。まるで空を歩いているような心許ない状態にあるのではないか。

ただあの時おまつは、千太郎の幸せを考えれば、真実を伝えてやることが自分の役目だ。知らぬ顔の半兵衛を貫き通すことなど出来る訳がない。そう考えて知らせたのだ。

ところが、旗本脇坂内蔵助夫婦が千太郎の実の親だと伝えたその瞬間から、千太郎との間に深い川が流れ始めたことを実感した。

自分が千太郎の唯一の母だと信じていたものが、少しずつ崩れて行くような錯覚に陥ったのだ。

いやいや私のことより、千太郎を深く傷つけてしまったのではないかと案じ、頭の中であれやこれや堂々巡りしているのだった。

――いったい、どうしたら良いというのか……。

答えの分からないものを、おまつはあれからずっと追い求めているのである。

おまつは大きくため息をつくと、よろりと身体を起こした。

そして枕元に置いてある湯飲みに入った水を飲もうと手に取った。

「おまつさんはいるかね」

その時、表から、おまつを呼ぶ銀蔵の声が聞こえた。

「銀蔵親分さん……」

おまつは湯飲みを置いて立ち上がると、土間に下りて戸を開けた。

「やっぱりこたえたんだな。倅が心配していたぜ」

銀蔵は苦笑して土間に入って来た。

「倅が……親分さんは千太郎と会ったんですか？」

おまつは驚いて聞き返した。

「わしのところにやってきたんだよ、千太郎が」

銀蔵は上がり框に腰を据えると、意外なことを言った。今まで一度も、千太郎が銀蔵を訪ねたなんてことはない筈だ。

「千太郎が銀蔵親分さんのところに行ったんですか……何時のことですか」

おまつはあわてて尋ねる。

「今日の昼だ。得意先に紙を届けた帰りだと言ってね、立ち寄ってくれたんだ。久しぶりだったが驚いたぜ。もう立派な大人だ」

「でも、どうして親分さんのところに……」

「おめえさんを案じてのことだ。蕎麦屋で会ったことも話してくれたんだが、千太郎は言っていたぜ、実の親が見付かろうが気持ちに変わりはない。自分の親はおまつさん、おめえさんしかいねえんだって」

「そんなことを千太郎が……」

「おっかさんにそのことをわたしが言っても素直に承知しないに決まっている。だから銀蔵親分さんにわたしの気持ちを伝えてほしいと言ってな」

銀蔵は手を伸ばし、台所に置いてある煙草盆を引き寄せた。

おまつはそれを見て立ち上がった。そして押し入れから、あのお守り袋を取り出して来て銀蔵の前に置いた。

「この間はすみませんでした。これはあの時お尋ねのお守り袋です」

銀蔵は頷くと、煙草盆に灰を落として煙管を仕舞い、お守り袋を手に取って中に入っている紙に書いた文字を確かめた。

確信を得たという顔で頷くと、銀蔵はその紙をお守り袋の中に納めて、

「わしが預かってもいいんだね」

お守り袋を掌（てのひら）に載せておまつに見せ、念を押した。

「はい、もう覚悟は出来ています。私が千太郎に会いに行ったのも、真実を千太郎に

知ってもらって、千太郎が幸せだと思う道を歩んでほしい、そう思ったものですから……」

おまつは、先日脇坂家で女中をしている早苗という女にも会い、十三年前のことを確かめたのだと銀蔵に話した。

「早苗さまの話を伺って、千太郎は脇坂家の人だと、それは間違いないのだと思いました。千太郎は蕎麦屋では早々に立ち上がって相模屋さんに戻って行ってしまいましたが、やはりちゃんと、ご両親に会うべきだと私は考えているんです」

「おまつさん……」

銀蔵は、おまつを労り(いたわ)の目で見て頷いた。

「私が実の母親だったら、きっと会いたいと思う筈です。それに、親分さんに奥方様の髪結を紹介していただいたお陰で、奥方様の様子は分かっています。病に臥せる身ではさぞかし心細いに違いないと思っているんです」

「よくぞ決心してくれたな。わしも同じことを考えていた。千太郎はおめえさんを心配してああ言っていたが、複雑な心境には違いあるまい。だが、一度は実の両親に会って、その上で、おまつさんと暮らすというのなら、それはそれで先方も納得するだろうと思うがね」

銀蔵はそう述べたのち、改めて話しておきたいことがあるのだとおまつの顔を見た。

その話というのは、跡取りを産めなくなった奥方は、自ら殿様の内蔵助に側室を置くことを勧めたらしい。その甲斐あって一年前には女中が女児を出産、今その女児は、女中の実家である御府内の商家の別宅で育っているというのであった。

女中は奥方に遠慮して実家に身を寄せているが、千太郎が脇坂家のあとを継がないとなると、その女中の産んだ女児が養子をとって脇坂家を継承することになる。

また、その女中が第二子を産むこともあるだろう。その第二子が男児ならば、脇坂家は幕府に嫡男として届けるに違いない。

それらを考えれば、千太郎が屋敷に帰るのは今を措いて他にない。機を逸しては悔いを残すことになるかもしれない。

銀蔵は熱の入った言葉でおまつにそう告げると、

「だから、早い内に一度両親に会わせてやった方が良いとわしは思うのだ」

おまつは頷く。銀蔵の言葉に異論はなかった。

おまつには辛いことだが、必ず通らなければならぬ道だ。

「分かりました。親分さんの考えに従います。私も奥方様にはお目通りして、お人柄は承知しています。お元気になっていただきたいと思っています」

銀蔵は、おまつのその言葉を聞いて立ち上がった。その時だった。戸口に立った者がいる。早苗だった。

「早苗さま」

驚いて迎えたおまつに、

「お願いがあって参りました。奥方様のご容体が、ちっとも良くならないのです。千太郎さまのお顔をみれば病と闘う気持ちもおこるのではと存じます。千太郎さまを是非にもお屋敷にお連れしていただけないでしょうか」

早苗は頭を下げた。

おまつは銀蔵と驚いて顔を見合わせた。そしてすぐに言った。

「承知いたしました。必ず……」

翌日の夕刻、おまつと銀蔵は日中の勤めを終えた千太郎を連れて脇坂家の屋敷に向かった。

渋る千太郎を説得し、相模屋にも談判して、千太郎を連れ出してくれたのは銀蔵だった。

「たった一人の産みの親だ。今会っておかねえと、もう会えねえかもしれねえぜ。そうなったらきっと後悔する」

千太郎は銀蔵のその言葉に、ようやく頷いてくれたのだった。

元より、千太郎は捨てられた訳ではない。迷子になったのだ。実の親を恨むことなどひとつもない。千太郎が屋敷に赴くことを躊躇っているのは、ただひとつおまつへの遠慮だったのだ。

千太郎が、実の親の顔を見たくない、会いたくないなどと思っている筈がなかった。

実際脇坂家の門前に立った千太郎は、ひとの目には無表情に見えたが、その表情の下では不安と期待が入り混じり、その頬から血の気が失せていたのである。

門の前で待機していた早苗が三人を迎えて、脇玄関から屋敷の中に上げ、控えの間に座らせた。

「殿様とのご対面は、奥方様のお見舞いが終わったのちにと申されまして……」

早苗はそう告げると、銀蔵には部屋で待機するよう伝え、おまつと千太郎の二人を奥の間に案内した。

奥方の部屋が近づくと、廊下の外の内庭から鈴虫の鳴く声が聞こえてきて、千太郎はふと立ち止まった。

千太郎が迷子になった時、手首にぶら下げていた小さな虫籠の中で鳴いていたのも、鈴虫だった。

千太郎の顔が一瞬歪んだ。突然昔が蘇ったのだ。溢れるものを必死で抑えているのが、おまつには分かった。

「そんな昔のことなんて、覚えていないよ」

おまつにはそう言って苦笑してみせたが、やはり幼かったとはいえ、迷子になったことは千太郎にとっては青天の霹靂、底なし沼に放り投げられたような恐ろしさを感じていたに違いないのだ。

おまつもあの時の、泣きじゃくっていた千太郎を思い出して胸が熱くなった。

「こちらへ……」

早苗に連れられて、二人は奥方の部屋に入った。

「おう、おいでになったか……」

奥方につきっきりの初老の女中は、ほっとした表情で奥方の耳元に告げると、今度は千太郎を眩しそうな目で見て、

「ご立派におなりになって……」

思わず袖で涙を拭った。そして、

「お守り袋をこれへ……そしてささ、早く奥方様にお目通りを……朝から奥方様はずっ

と首を長くしてお待ちでございました」

千太郎からお守り袋を受け取り、奥方の枕元に進むよう促した。

千太郎は、ちらりと不安な視線をおまつに投げたが、おまつが頷いてやると、枕元に座って奥方の顔に呼びかけた。

「千太郎です」

「奥方様、紛れもなく千太郎様でございますよ。目も鼻も、お顔立ちは殿様にうりふたつ……」

初老の女中が、奥方の手にお守り袋を握らせると、

「おうおう……せんたろう……せんたろう」

奥方の双眸から涙があふれ出て来る。我が子に掛ける言葉も思い出せず、奥方は千太郎の方に手を伸ばした。

「千太郎さま……」

初老の女中に促されて、千太郎は奥方の手を握った。

「よく無事で……千太郎、千太郎……」

千太郎も掛ける言葉が見付からず、ただ産みの母を見詰めていたが、やがて、産みの母の手を握ったまま、ほろほろと涙を流した。

「母さま……」

思わず飛び出した産みの親を呼ぶ千太郎の声に、

「起こしておくれ。良く顔を見せておくれ」

奥方は千太郎の手に力を込める。

「母さま……」

そう呼んだ瞬間に、十三年前の母子に戻ったようである。

初老の女中と早苗、そして千太郎の手で奥方の背を起こし、早苗が奥方の背後から身体を支えると、奥方はまじまじと千太郎の顔を見る。その間にも、千太郎の手をぎゅっと奥方は握っている。

「奥方様、ようございましたね。千太郎様とお過ごしになる。それが奥方様の夢だったのですから」

初老の女中が奥方にそう告げると、

「そなたが側にいてくれるなら、生きていたい……」

奥方は千太郎に問いかけながら涙を流す。

おまつはそこで、皆に頭を下げてからそっと部屋を退出し、鈴虫の鳴き声に送られて銀蔵が待っている控えの間に戻った。

「親分さん、帰ります」

おまつが銀蔵と控えの間を出て、屋敷の門に向かっていると、千太郎が追っかけて来た。

「おっかさん……」

おまつはぎくりとして立ち止まるが、息をととのえて振り返ると、笑みを見せて言った。

「千太郎、お前は誰がなんと言おうと私の倅です。お前からは幸せを一杯もらいました。ありがとう。でもね、私もくたびれちまった。これからは芝居も観たいし、お伊勢参りにも行ってみたい。ひとりで気楽に暮らさせてもらいますよ」

「おっかさん……」

千太郎は戸惑いの顔で立ちつくすと、おまつの背を見送った。

【初出一覧】

中島　要「誰のおかげで」「週刊朝日」二〇二三年三月十日増大号～三月三十一日増大号

高田在子「夢見草」「週刊朝日」二〇二三年四月七日増大号～四月二十八日増大号

志川節子「つづら折り」「週刊朝日」二〇二三年五月五－十二日合併号～六月二日号

永井紗耶子「母の顔」「小説トリッパー」二〇二三年秋季号

坂井希久子「なんてん」「小説トリッパー」二〇二三年秋季号

藤原緋沙子「鈴虫鳴く」「小説トリッパー」二〇二三年秋季号

朝日文庫時代小説アンソロジー
母ごころ

朝日文庫

2023年12月30日　第1刷発行

著　者　中島　要　高田在子　志川節子
永井紗耶子　坂井希久子　藤原緋沙子

発行者　宇都宮健太朗
発行所　朝日新聞出版
〒104-8011　東京都中央区築地5-3-2
電話　03-5541-8832（編集）
03-5540-7793（販売）
印刷製本　大日本印刷株式会社

Published in Japan by Asahi Shimbun Publications Inc.
定価はカバーに表示してあります

ISBN978-4-02-265130-3

落丁・乱丁の場合は弊社業務部（電話 03-5540-7800）へご連絡ください。

送料弊社負担にてお取り替えいたします。